LE CAPUCIN DU MARAIS.

HISTOIRE DE 1750.

PAR M. MORTONVAL.

2

PARIS

AMBROISE DUPONT, EDITEUR,

16, RUE VIVIENNE.

—

1833

LE CAPUCIN

DU

MARAIS.

IMPRIMERIE DE FÉLIX LOCQUIN,
Rue Notre-Dame-des-Victoires, n° 16.

LE

CAPUCIN

DU

MARAIS.

HISTOIRE DE 1750.

PAR M. MORTONVAL.

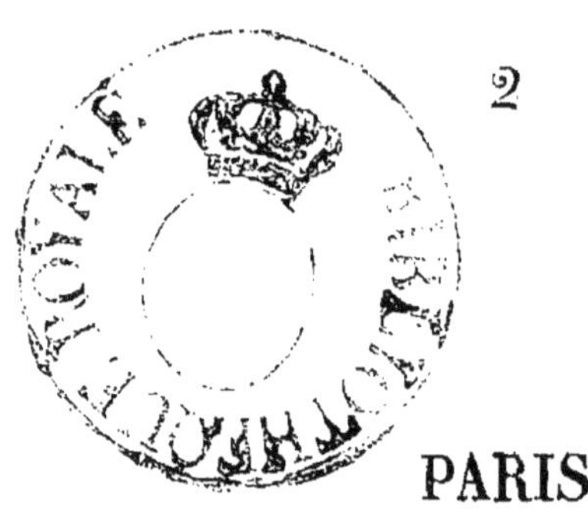

2

PARIS

AMBROISE DUPONT, EDITEUR,

16. RUE VIVIENNE.

—

1832

LE

CAPUCIN

DU MARAIS.

HISTOIRE DE 1750.

VII

La Rupture.

Nous espérions cependant; nous aimions tant! Honorine relisait sans cesse ma première lettre ; toutes les siennes faisaient allusion à ces images voluptueuses du bonheur de deux amans époux, que mon pinceau, naïvement impudique, avait, en toute innocence, chargées de couleurs si brûlantes. Toujours contraints en public, irrités de cette gêne, douleur de tous les momens, nous nous abandonnions à la liberté sans frein de nos secrètes communications, avec cet âpre plaisir qu'on goûte à se venger d'une injuste oppression.

Aussi l'essor de notre ardent *parler d'amour*, était-il alors d'une véhémence entraînante, à tel point que mon sang bouillonnait en écrivant ces lettres de feu; bien plus encore, quand je me relisais, pour ainsi dire, dans celles d'Honorine qui n'étaient qu'un reflet des miennes.

Pouvait-il en être différemment? Écolier mal appris, j'avais adressé tout d'abord à la jeune et délicate fille, le rude langage d'un amour forcené. Son âme n'était pas moins passionnée que la mienne; mais que savait-elle du langage des passions, l'ignorante pensionnaire! J'aimais, je parlais ainsi; elle exprima de même un sentiment semblable : de là vint ma fatale erreur. Consumé de désirs, je crus ses sens enflammés comme les miens : j'osai lui demander un rendez-vous.

Que dis-je, demander! je l'exigeai en termes impérieux, absolus; je la menaçais de me tuer à ses yeux : nos secrets dévoilés, ma mort, sa honte, son désespoir, aucune crainte n'imposait à ma fureur insensée; il fallait qu'elle fut assouvie à tout prix. Voici sa réponse :

« Ne reparaissez jamais en ma pré-
» sence. Si vous l'osiez, c'est moi qui
» dévoilerais le secret de ma faiblesse,
» en implorant contre vous le secours
» de mes parens, de mes amis, du
» comte Léon lui-même. Que m'im-
» porte la honte publique de vous
» avoir aimé, pourvu que je n'aie ja-
» mais à rougir devant Dieu, à mes
» propres yeux, de l'opprobre dont
» vous avez voulu me souiller ! Tout
» est fini. Je vous croyais vertueux;
» vous n'êtes qu'un méprisable séduc-
» teur. Adieu pour jamais. »

Vous le voyez, monsieur, ce n'était

pas la noble demoiselle, s'armant de mépris contre l'homme *de rien* qui, trop présomptueux, aspirait à s'élever jusqu'à elle. Non, la belle et chaste fille consentait à être ma femme; à ce titre, elle me préférait à tout autre homme, quel qu'il fût sur la terre; mais, vil suborneur, j'avais prétendu la contraindre par la violence, avec de brutales menaces, à s'abaisser au rôle de ma maîtresse! sa pudeur s'était révoltée, et non pas son orgueil. Tout en dehors de la société, sa mortelle ennemie, notre amour sauvage ne recevait aucune impulsion des idées qui la dominaient. Dans cette circonstance, il n'y eut réellement que l'attaque énergique de jeunes et impétueux désirs, d'un côté; de l'autre, l'instinct naturel de la défense. Mais la colère d'Honorine fut pour moi comme le hérissement du faible oiseau sur son nid, devant lequel recule le dogue épouvanté.

Si j'avais eu le moindre usage de ce monde que j'ignorais, un peu de vice seulement, j'aurais ployé sous l'effort de cet orage passager, changé de plan; j'eusse adouci ma rude voix, en continuant de rôder autour de la proie, tant qu'à la fin il me fût devenu facile de la saisir et de la dévorer. J'étais bien loin de ces indignes pensées.

Je pouvais du moins tenter de fléchir ce grand courroux. Mon repentir était sincère : un sentiment vrai manque rârement de trouver le chemin du cœur auquel il s'adresse; et le cœur d'Honorine eût volé tout d'abord au devant du mien. Mais non; elle me chassait de sa présence, elle ne m'aimait plus ! Mon âme défaillit à la lecture de ce terrible arrêt; je crus tout perdu, pauvre jeune fou ! Ma tête s'égara; et de tous les partis que pouvait me conseiller cette pitoyable démence, je choisis le plus mauvais : ce fut de m'exiler sur-le-champ de Saint-Méry, sans prendre congé de personne. Honorine y était ce jour-là. Je craignais trop qu'elle ne m'aperçût, et que, ne pouvant contenir son indignation, elle n'allât se trahir elle-même. L'effet inévitable de cet éclat eût été de la livrer à Léon.

Transporté de fureur et de jalousie, à la seule idée de ce malheur : Fuyons ! m'écriais-je, en précipitant mes pas. Apaisée par cette prompte soumission, délivrée de l'horreur de me voir, pourra-t-elle vouloir pousser plus loin la vengeance, et se punir elle-même en se donnant à mon rival qu'elle déteste ! Ah ! ce serait trop ; plutôt renoncer à elle ; plutôt mille fois, ne la revoir jamais. Léon, Léon, te livrer ce trésor ! Non, n'y compte pas ; je te le disputerai jusqu'à la mort...

Je marchais avec rapidité ; le mouvement de mon corps accélérait celui de mes idées; mon sang fermentait comme dans la fièvre. Je parlais haut, je gesticulais, j'agitais en l'air un énorme bâton noueux que j'avais trouvé près de la petite porte du parc, par laquelle je m'étais évadé. Au moment où j'adressais à Léon la véhémente apostrophe que je viens de vous dire, je fus interrompu brusquement d'une manière bizarre, inattendue....

Mais cet accident, quoique léger en apparence, eut pourtant sur les événemens de ma vie, dont il me reste à vous entretenir, une telle influence, que je dois vous le rapporter dans ses moindres détails.

VIII

La Rencontre imprévue.

—

J'ÉTAIS parti de Saint-Méry avec le dessein de me rendre à la ville prochaine, d'où je comptais écrire à madame Leprêtre, afin de l'instruire de ma résolution d'aller à Paris. Pourquoi faire ? Comment obtenir d'elle et son consentement, et les moyens d'y vivre? C'est à quoi je ne songeais guère. La ville était éloignée de trois lieues, en suivant le grande route ; on pouvait abréger beaucoup la distance par un sentier pratiqué dans la montagne, à travers une forêt dont je connaissais tous les détours. Il fallait à la vérité braver le danger d'un pont très-frêle, suspendu à une grande élévation, sur un torrent extraordinairement grossi depuis quelques jours par l'ouverture simultanée de plusieurs écluses de moulins et d'étangs : c'était là mon moindre souci. Je choisis ce chemin.

Au moment où j'allais entrer dans le bois, un homme en sortait. Il me conseilla de prendre un détour, afin d'éviter ce mauvais pas, et ajouta que le pont ne tenant plus à rien, ma mort était infaillible si j'en tentais le passage. Eh ! que m'importe! répondis-je d'un air farouche. Plaise à Dieu que j'y laisse ma misérable vie !

J'avais continué ma course sans faire plus d'attention à cet homme qui me connaissait fort bien. C'était un jardinier de M. de Montarmé ; je l'ignorais. Vous verrez plus tard les suites de cette rencontre. Je reprends mon récit au point où je l'ai interrompu.

Après avoir franchi le torrent sans accident fâcheux, et traversé la forêt entière, je me retrouvais sur la grande route à une petite lieue de la ville, marchant rapidement, agitant mon bâton noueux, apostrophant Léon d'une voix menaçante. Un voyageur, que je suivais sans le voir, se retourna brusquement. — A qui diable en avez-vous donc ? me demanda-t-il avec hauteur.

— A vous, si vous le voulez, repartis-je, encore bouillant de ma querelle imaginaire ; croyez-vous me faire peur ?

C'était un jeune homme fort bien mis. Il tira son épée, dont il me présenta la pointe. Oui-dà, répliqua-t-il; eh bien ! avancez, si le cœur vous en dit.

J'avais baissé mon bâton ; je le relevai, me disposant à engager ce combat inégal, tant la colère m'aveuglait! Je crois même que je désirais y périr. Mais un secours imprévu m'arrivant fort à propos, changea tout à coup la face des affaires. Le garde-chasse d'un mes amis accourait, son fusil en main, prêt à le mettre en joue, et commandant à mon adversaire de rengaîner son épée, sous peine d'être frappé d'un coup mortel.

Effrayé, je fis signe au garde de s'arrêter : j'avais eu le temps de réfléchir. Monsieur, dis-je au voyageur, ceci est une méprise ; bien loin de vous adresser les paroles que vous avez entendues, je ne vous voyais seulement pas. Vivement préoccupé d'une idée chagrine, je me parlais à moi-même.

— Voilà, monsieur, reprit-il, en baissant son épée, ce qu'il eût été plus convenable de me répondre d'abord.

—C'est aussi, monsieur, repartis-je, ce que vous auriez pu me demander plus poliment.

Cependant le garde nous avait joints, après avoir appelé à grands cris plusieurs de ses camarades que je voyais arriver de divers côtés. Grand merci ! dis-je à ce brave homme qui m'était entièrement dévoué; monsieur et moi nous nous sommes expliqués : je n'ai pas besoin de tout ce monde.

— Ce sont, me répondit-il, les gardes de madame la maréchale de..... ils vous ont reconnu comme moi; et voyant qu'on vous cherchait querelle, ils accourent pour vous prêter main-forte. Ah ! si madame la maréchale savait qu'on vous a fait impunément la moindre insulte sur ses terres, elles les chasserait jusqu'au dernier; elle a tant d'amitié pour vous, M. d'Ambleville !

Au nom de madame la maréchale, le voyageur s'était empressé de remettre son épée dans le fourreau. Dieu me préserve, dit-il, d'être accusé d'insulte envers une personne honorée de l'amitié d'une dame aussi illustre ! moi, qui viens d'avoir le bonheur de combattre à Fontenoy, dans les rangs du régiment de Brienne, à côté de monsieur son petit-fils!

—A côté de monsieur le duc! s'écrièrent, ravis de joie, les gardes de la maréchale, qui entendirent ces derniers mots en arrivant auprès de nous. Quoi! monsieur était à la bataille de Fontenoy?

— J'en arrive, répondit-il d'un air vainqueur.

— Et monsieur va sans doute au château?

— Je n'ai pas l'honneur d'être connu personnellement de madame la maréchale, mes enfans.

— Oh! s'écria l'un deux, M. Alexis vous présentera. Madame l'aime comme un fils; et elle aura tant de plaisir à voir un gentilhomme qui s'est trouvé à côté de monsieur le duc à cette grande bataille, sous les yeux du roi!

— Je ne vais pas au château ce soir, mes bons amis, leur dis-je; une affaire m'oblige d'aller à la ville, où je passerai la nuit.

Je les congédiai bien vite, avec un écu pour boire à la santé de leur jeune duc et du roi. Resté seul avec le voyageur, je le priai d'excuser l'indiscrétion de ces bonnes gens qui voulaient disposer de son temps, par un zèle fort mal entendu pour leurs maîtres. Après m'être ainsi débarrassé de lui le moins malhonnêtement possible, je le quittais. Vous allez à la ville, me dit-il d'un air aisé; moi aussi : je serai charmé de faire cette route de compagnie avec vous, monsieur; cela me donnera, je l'espère, l'occasion de me réhabiliter tout-à-fait dans l'esprit d'un gentilhomme dont j'ambitionne l'estime.

Il n'y avait pas moyen d'éluder la proposition : nous étions à pied tous deux, nous suivions le même chemin. J'acceptai donc, mais très-froidement; et je le laissai faire seul les frais de la conversation. Il m'apprit qu'il se nommait le vicomte Guichard d'Albrégon. Ma famille, continua-t-il, l'une des plus anciennes des provinces méridionales de la France, et alliée à la maison de Foix, possédait des domaines immenses dans la vallée de l'Arriège, au pied des Pyrénées, dès le douzième siècle. Elle était encore florissante au commencement du seizième, quand Henri d'Albret tenta de ressaisir son royaume de Navarre, en mettant à profit l'absence de Charles-Quint, alors occupé de ses affaires d'Allemagne. Cette conquête d'un moment, à laquelle concourut si puissamment mon aïeul Guichard, surnommé le grand-vicomte, fut, comme on sait, suivie de revers désastreux. L'armée impériale poursuivit nos compagnies débandées jusque sur le territoire de France, où les Espagnols envahirent d'abord les terres de ma famille.

Particulièrement irrité contre Guichard qui s'était signalé dans cette guerre par des exploits prodigieux, Charles-Quint livra la seigneurie à la dévastation du fer et de la flamme. Les villages furent saccagés, le fort

Guichard et le château d'Albrégon rasés jusque dans les fondemens : à tel point, monsieur, poursuivit le jeune vicomte fort ému, que des voyageurs auxquels j'eus dernièrement l'occasion d'adresser quelques questions à ce sujet, m'ont affirmé qu'aujourd'hui l'on ne trouve pas même un vestige qui aide à reconnaître la place où s'élevaient si orgueilleusement ces magnifiques résidences de mes ancêtres. A peine a-t-on gardé le souvenir du nom des Albrégon dans ce pays, où, durant plusieurs siècles, ils ont exercé une autorité souveraine, relevant directement de la couronne de France.

Guichard, le grand-vicomte, était mort sur le champ de bataille. Son fils, unique héritier de ses domaines, fut transporté, jeune enfant, dans un couvent des Pays-Bas, pour y être converti à la foi catholique, par ordre de Charles-Quint, qui confisqua la succession. Dans la suite, et pour éteindre une race de laquelle pouvait naître un vengeur, l'empereur voulut contraindre cet infortuné à se faire moine. Mais, abâtardi par une éducation toute claustrale, il parut si peu dangereux, qu'il lui fut permis de s'allier à une famille du pays, à condition de n'en jamais sortir. C'est de ce mariage que naquit à Leyde mon bisaïeul le vicomte Jean d'Albrégon dont le nom fut illustré par tant de victoires dans les guerres des Pays-Bas contre Philippe II, pour conquérir leur indépendance.

Depuis ce temps, ma famille a joui, dans une obscure oisiveté, d'un bien médiocre qui a toujours été en déclinant. Elle s'était fixée à Bruxelles. C'est là que je suis né, et que j'ai été élevé. Orphelin depuis un an, je méditais de venir chercher un établissement dans le pays de mes ancêtres, au sein de cette belle France, objet constant de leurs regrets, et que je brûlais de connaître. Je venais enfin de réaliser ma petite fortune, et de la faire passer à Paris, où j'allais me rendre, quand j'appris que le roi en était parti avec Mgr. le dauphin, et venait se mettre à la tête de son armée de Flandre.

A cette nouvelle, je sentis bouillonner dans mon sein l'ardeur guerrière de Guichard le grand-vicomte. Dépouillé de titres et de parchemins, je résolus de faire reconnaître ma noblesse, en me montrant digne de mes aïeux un jour de combat, sous les yeux du descendant de leurs rois. Quel moyen plus naturel et plus glorieux à la fois pouvais-je espérer de la prouver jamais? C'était d'en signer le brevet avec mon épée, et le sceller de mon sang tout français. Je volai donc aux champs de Fontenoy. La bataille allait s'engager; je m'élançai, comme volontaire, dans les rangs du premier régiment que je rencontrai : c'était celui de Brienne.

Il me siérait mal de parler moi-même de ma conduite pendant l'action, continua le jeune vicomte, en tirant de sa poche un écrit qu'il me présenta. Lisez ceci, je vous en prie.

J'y vis à peu près ce qui suit : Je certifie que M. le vicomte Guichard d'Albrégon a combattu près de moi, en qualité de volontaire, pendant toute la bataille, avec un courage digne des plus grands éloges. Je le recommande à tous les gentilshommes de France, comme un brave frère d'armes. Fait sur le champ de bataille de Fontenoy, le 11 mai 1745. *Signé*, le duc de P...

— Voilà un titre fort glorieux, dis-je au vicomte; et je ne doute pas qu'en effet madame la maréchale n'accueille avec le plus grand intérêt le porteur d'une semblable recommandation de monsieur son petit-fils.

Vous pouvez bien penser, monsieur, que dans la situation d'esprit où j'étais alors, je ne prêtai qu'une bien faible attention au récit de ce jeune homme; et je viens de vous le conter tel que, depuis, il me le répéta souvent; car ce jour-là je n'en entendis presque rien. Que me faisaient à moi, pauvre amoureux, et les grandeurs abolies des antiques Albrégon, et cette récente bataille de Fontenoy, avec tout ce fracas étourdissant de gloire qui tenait alors la France en émoi ? C'est de Saint-Méry et de Montarmé, c'est d'Honorine qu'il eût fallu me parler pour se faire écouter. Le reste du monde m'importunait.

IX.

Le Héros de Fontenoy.

Toutefois, tandis qu'il contait, j'examinais M. le vicomte. Il avait vingt ans au plus, une figure très-agréable, la taille fort belle, le maintien noble : un air plein de modestie ajoutait beaucoup de prix à ces qualités remarquables.

Monsieur, répondit-il au compliment que je venais de lui faire, je voyage tout simplement par le coche. Fatigué de la marche pesante de cette voiture, je l'ai laissée aller en avant, pour faire le reste du trajet à pied, ce soir, jusqu'à la ville, d'où elle doit repartir demain au point du jour. Cependant, si je pouvais espérer d'être présenté, sous vos auspices, à madame la maréchale, je n'hésiterais pas à m'y arrêter quelques jours; et je vous avoue que je le désire avec ardeur.

Je répondis froidement à cette ouverture qui me contrariait beaucoup; mais il insista tellement, que, pour m'en défaire, j'objectai la longueur du chemin et le défaut de voiture. Qu'à cela ne tienne, me répondit-il, j'en trouverai bien une à louer à tout prix à la ville, et demain matin, après vos affaires terminées, elle sera à vos ordres.

Pour comble d'importunité, il voulut absolument m'accompagner jusqu'à l'auberge où j'allai loger; et il y retint une chambre à côté de la mienne. Je m'enfermai pourtant, afin d'être libre d'écrire à madame Leprêtre. Mon embarras fut grand lorsque je m'interrogeai sur ce que je lui dirais pour justifier mon brusque départ: je ne trouvai rien de mieux que d'alléguer mon invincible antipathie pour l'état ecclésiastique, auquel, malgré mes instantes prières, elle persistait, d'accord avec mes parens, à vouloir me condamner. Je la suppliais de ne pas m'abandonner à mon désespoir, en me fermant son cœur de mère, le plus précieux pour moi de tous les biens; je ne lui demandais que son pardon et sa bénédiction, résolu à me suffire à moi-même par mon travail, pour me créer, à l'exemple de mon père, une existence indépendante.

Je venais à peine de terminer ma lettre quand je reçus un message de madame la maréchale. Cette vieille dame, amie de couvent de madame Leprêtre, avait conçu la plus vive affection pour moi dès ma tendre enfance.

Veuve depuis long-temps et fort dévote, elle vivait très-solitaire dans son château. Ses gens lui ayant conté, au retour, les détails de ma rencontre avec un vainqueur de Fontenoy, elle m'envoyait un carrosse, avec une invitation empressée pour ce gentilhomme qui avait combattu, dans une si glorieuse journée, auprès de son petit-fils, jeune homme de seize ans, qu'elle aimait passionnément. Elle me conjurait de lui amener sur-le-champ le gentilhomme, brûlant, disait-elle, de le questionner sur les particularités de la bataille dont il ne lui était parvenu que des récits écourtés et incomplets.

Au premier bruit de l'arrivée d'un envoyé de madame la maréchale, le vicomte était accouru : il me pressa de me rendre au désir qu'elle exprimait. Je cédai. Avant de partir, j'ajoutai quelques lignes à ma lettre, pour prier madame Leprêtre de m'adresser sa réponse, avec mes effets, au château de sa vieille amie ; et j'expédiai cette dépêche par un exprès, auquel je commandai de courir à toute bride jusqu'à Saint-Méry.

Je ne vous entretiendrai pas en détail, monsieur, de la réception que nous fit la maréchale, de ses transports, de son engouement subit pour le charmant héros de Fontenoy. Je conviens, du reste, que l'esprit agréable et les manières distinguées de ce beau jeune homme justifiaient les éloges qu'elle lui prodigua. Après les récits de combats, il l'entretint de sa propre histoire. Elle s'intéressa vivement aux infortunes de la noble maison d'Albrégon. L'écrit du duc de P..., signé sur un champ de bataille, sous les yeux d'une foule de gentilshommes ses compagnons de victoire, ne permettaient pas le moindre doute sur la noblesse du porteur d'un tel certificat. Quant à ses malheurs, il les contait de si bonne grâce, ils étaient si touchans, que la bonne dame en fut attendrie jusqu'aux larmes.

Dans la première chaleur de ces diverses et profondes émotions, elle écrivit à sa fille la duchesse de C..., votre voisine de la rue d'Anjou, monsieur, une lettre pressante en faveur de l'héritier de Guichard le grand-vicomte. Comme j'avais dit à la maréchale que j'allais à Paris, elle annonçait à sa fille que c'était moi, le filleul de son amie intime, madame Leprêtre, qui lui présenterait M. le vicomte d'Albrégon. Elle me donna donc la lettre, que je fûs spécialement chargé de remettre moi-même, et dans laquelle la duchesse était instamment priée par sa mère d'employer tout son crédit à la cour et à la ville pour faire obtenir au jeune et vaillant héros de Fontenoy, héritier du nom d'Albrégon, un établissement digne de sa naissance.

Madame la maréchale de... parlait

de cette illustre origine comme d'une chose établie, prouvée, aussi incontestable qu'un parchemin signé de la main de Pierre d'Hozier.

—

X

Le Suicide.

—

Cela dit pour l'intelligence de la suite de mon histoire, revenons à ce qui se passait en même temps aux lieux que je venais d'abandonner. Vous vous rappelez qu'au moment où j'allais m'engager dans le bois, après être sorti furtivement du parc de Saint-Méry, un jardinier de M. de Montarmé, m'ayant averti de me garder de passer sur le pont du torrent, j'avais répondu d'un air désespéré, et montré le dessein d'affronter ce péril effrayant. De retour chez son maître, l'homme conta dans la maison cette singulière histoire. Elle courut parmi les domestiques, se chargeant, à chaque pas, de nouveaux incidens.

La nuit venue, madame Leprêtre, inquiète de mon absence, envoya demander à Montarmé si l'on ne m'y avait pas vu. Ne doutant plus alors de la vérité du rapport du jardinier, et adoptant aveuglément toutes les fables auxquelles il avait donné naissance, les gens s'écrièrent que je m'étais précipité dans le gouffre du torrent : on citait plusieurs témoins de cet acte de désespoir. Le bruit en parvint bientôt au salon, où il fit explosion. Par bonheur, Honorine ne s'y trouvait pas. Affligée de notre brouillerie, elle avait prétexté une indisposition pour garder la chambre. C'est là qu'elle reçut la nouvelle du tragique événement qui venait de frapper de stupeur tout le château ; et du moins elle put s'abandonner sans témoins à ses larmes amères, aux douloureuses angoisses de son cœur, à ses remords même ; car l'infortunée s'accusait de ma mort.

La nuit fut horrible. Le lendemain,

de grand matin, madame de Montarmé demanda ses chevaux pour aller à Saint-Méry, s'informer elle-même des nouvelles de madame Leprêtre, qu'on disait mourante. Honorine, qui ne s'était pas couchée, descendit aussitôt et voulut accompagner sa mère. Comme elle s'était dite fort malade la veille, on ne trouva rien d'étrange à son extrême pâleur et à l'abattement de ses traits; et d'ailleurs, toutes les figures étaient également décomposées; car c'était une étrange chose que la mort violente d'un jeune homme généralement aimé, si doux, qu'on avait vu la veille encore rayonnant d'espérance et de joie!

En arrivant à Saint-Méry, madame de

Montarmé entra d'abord dans l'appartement de la marquise d'Aubeterre. Honorine courut à la chambre de madame Leprêtre, et se précipitant à ses genoux, éplorée, dans un désordre affreux : C'est moi, lui dit-elle avec volubilité, c'est moi seule qu'il faut accuser de la mort d'Alexis! Je l'aimais plus que ma vie ; je lui avais juré d'être à lui...

— Mais il n'est pas mort! s'écria madame Leprêtre. Malheureuse enfant ! que m'as-tu révélé! Je vois tout maintenant.—Il n'est pas mort, répétait Honorine délirante de joie; et je le reverrai! Alexis, mon Alexis, Dieu permettra que je te revoie !...

— Taisez-vous, mademoiselle, interrompit madame Leprêtre d'un ton imposant; réprimez ces transports insensés. Que ce funeste secret demeure entre nous deux. Jamais, je l'espère bien, non, jamais vous ne reverrez M. Nobé. Rentrez en vous-même, mademoiselle de Montarmé; ne montrez pas moins de soin de votre honneur, que lui-même dont la fuite, qui m'est expliquée maintenant, est l'action d'un très-honnête homme. Souvenez-vous, mademoiselle, que je suis la grand'mère du comte de Léon; et rougissez d'avoir voulu me faire descendre au rôle de confidente d'un amour que je condamne et qui m'offense. Ne m'en reparlez de votre vie, mademoiselle; à ce prix, je consens à me taire. Songez qu'il y va de la liberté, et peut-être de la vie de M. Nobé.

Ce langage sévère, ces menaces pétrifièrent Honorine à tel point, que sa mère, survenant au même instant, ne put lire sur ses traits immobiles aucune trace des passions qui venaient de bouleverser tour à tour son cœur, en sens contraire, avec une égale impétuosité. — Eh bien ! dit madame de Montarmé en riant, toute cette belle et tragique histoire se réduit donc à une mutinerie de M. Nobé qui ne veut pas être d'église ?

— Voilà tout, grâce à Dieu, madame, répondit ma marraine ; et je ne comprends pas qu'on en ait fait tant de bruit. Il m'a écrit pour me demander pardon de cette boutade d'enfant. Je consens à l'absoudre, mais non sans lui imposer une pénitence : et c'est de ne plus reparaître en ma présence avant d'être entré dans les ordres. Je tiens maintenant à ce projet plus que jamais; ses parens y sont opiniâtrément attachés; et je vous réponds bien, madame, qu'il sera mis très-promptement à exécution.

L'altière baronne ne put s'empêcher de témoigner, par un sourire moqueur, combien il lui semblait ridicule que la mère de la marquise d'Aubeterre mît tant d'importance à faire ou à ne pas faire abbé le fils de M. Nobé; tant elle était loin de se croire elle-même intéressée le moins du monde dans cette affaire ! Tout comme il vous plaira, madame, répondit-elle d'un air insouciant; ce qu'il nous importe seulement, c'est que votre précieuse santé n'éprouve aucune altération pour avoir pris trop à cœur des choses de cette nature.

Et madame de Montarmé changea de conversation. Le même jour, je reçus, au château de la maréchale, la lettre suivante de ma marraine :

« Je sais tout, mon enfant : ne » personne bien folle, bien imprudente, s'imaginant que vous étiez » mort, m'a révélé la véritable cause » de votre départ. Heureusement elle » n'en a parlé qu'à moi. Ainsi, ce secret, duquel dépendent votre vie » peut-être, et très-certainement votre

» liberte, restera éternellement entre » trois personnes intéressées à le gar- » der. Béni soit le ciel! j'avais donc tort » d'attribuer votre fuite à la légèreté, » à l'ingratitude; j'avais tort de vous » accuser d'abandonner ma vieillesse » à des soins mercenaires, de ne plus » aimer votre seconde mère, votre » meilleure amie. Bien loin de tout » cela, mon cher enfant, c'est une ac- » tion quasi-héroïque, dont j'ai à vous » louer, à vous remercier. Jamais vous » n'avez été plus digne de mes bontés; » elles ne vous manqueront pas, je » vous l'assure bien. Tant de raison à » votre âge! Vous avez compris que » rien n'eût été plus fou que d'aspirer... » Ah, mon Dieu! la tête m'en tourne!

» La prison, l'hôpital des Fous, Bi- » cêtre, pauvre petit! tout leur aurait » paru trop peu pour punir un pareil » attentat. Et cela m'eût percé le cœur.

» Mais ce n'est pas la crainte d'un » juste châtiment qui vous a guidé; » c'est le sentiment raisonnable de ce » que vous êtes et de ce qu'elle est; » c'est de l'honnêteté, du devoir. Bien, » très-bien, mon cher et aimable » Alexis! A présent que je vois clair » dans cette affaire, je persiste plus » qu'auparavant à vous presser d'en- » trer au plus tôt dans les ordres. Réflé- » chissez que c'est le seul moyen de » compléter votre belle et bonne ac- » tion, et de déterminer une certaine » personne à se rendre de son côté à

» son devoir. Il le faut, mon enfant, » et j'y compte. Elle-même le désire » ardemment, et me charge de vous » le dire. Ainsi, c'est une chose en- » tendue.

» Je donne l'ordre à Duvivier, mon » intendant, de vous compter exacte- » ment quinze louis d'or le premier » de chaque mois. Si vous avez besoin » de quelque chose au-delà de cette » somme, ne vous adressez jamais qu'à » moi. Point de dettes, j'insiste là-des- » sus. Vous logerez à la maison, où » vous aurez la table de Duvivier et » de sa femme, en attendant mon » retour. Prenez le petit collet en ar- » rivant à Paris. Étudiez bien votre » théologie; ne voyez que de vénéra-

» bles ecclésiastiques. L'abbé Simon, à
» qui j'écris d'aller vous trouver, vous
» dirigera ; c'est un saint homme.

» Je me charge de tout auprès de
» monsieur et madame Nobé; soyez
» tranquille. Adieu, mon cher enfant,
» aimez toujours bien votre vieille,
» votre véritable mère,

Veuve LEPRÊTRE,
née de Montenclos.

« Vous trouverez dans votre malle,
» avec vos effets, vingt-cinq louis pour
» vous habiller proprement en abbé
» du monde. Vous verrez que c'est un
» état charmant et fort considéré. »

Pourrez-vous bien, monsieur, entrer

dans tous les sentimens douloureux, amers, désespérans, que m'inspira la lecture de cette lettre? J'ignorais ce qui qui s'était passé à Saint-Méry. Honorine, me disait-on, m'engageait à entrer dans les ordres; elle le désirait ardemment. Aspirer à sa main, c'était affronter la prison la plus honteuse, celle des aliénés, des voleurs, des infâmes.... Bicêtre! l'effroyable Bicêtre! Et ma marraine, qui m'appelait son enfant, qui me chérissait comme une mère, elle s'en affligeait, il est vrai, mais ce *juste châtiment* ne l'étonnait pas : elle avait écrit ce mot Bicêtre sans frémir d'indignation, d'horreur. Sa main n'avait pas tremblé. Non, i s'agissait du fils d'un paysan parvenu, et la bonne madame Leprêtre était née de Montenclos!

Ainsi donc, même dans l'opinion de cette excellente femme, la tentation de m'élever jusqu'à mademoiselle de Montarmé, étant *ce que j'étais*, eût été un acte de démence furieuse, une sorte de forfait antisocial, justiciable du grand-prévôt. Comment l'auraient-ils donc envisagée, bon Dieu! ces hommes si vains de leurs prérogatives, si orgueilleux, et qui me haïssaient tant!

Je tombai dans un découragement mortel. Flétrie, dépouillée d'avenir, ma jeunesse ne me portait plus comme auparavant; elle me pesait. Je me sentis las de la vie qu'il eût fallu traîner encore si long-temps dans la simple de cœur et d'esprit, je restai confondu d'un rapport si singulier entre sa situation et la mienne. Monsieur, répondis-je avec embarras, quand le malheur est à son comble, je ne vois pas qu'il y ait sottise, ni lâcheté...

— Ne cherchez pas à m'excuser, interrompit-il. Je mérite même un reproche plus sévère; car, maintenant que j'y pense, comment qualifier, juste ciel! l'oubli d'un écrit que j'aurais dû laisser au château avant de le quitter, afin d'éviter qu'on imputât ma mort à un autre qu'à moi? Je vous rencontre ici par hasard; on nous a peut-être vus causer ensemble; si j'allais après cela me tuer dans quelque coin, comme un misérable, on ne manquerait pas de vous accuser d'un assassinat. Il faut donc remettre la partie à une autre fois; n'y pensons plus pour ce matin; et causons de sang-froid, s'il se peut, des causes de mon suicide...

— Je n'en connais qu'une seule raisonnable, m'écriai-je : le désespoir d'un amour méprisé...

— Ah! monsieur, repliqua-t-il vivement d'un ton lamentable; vous venez de toucher à la blessure de mon cœur; et ce qui l'envenime, c'est la douleur de ne pouvoir épancher mes chagrins dans le sein d'un ami. Si le ciel m'eût accordé ce bien si précieux, j'espérerais encore de recouvrer ma raison aliénée, de me guérir d'une passion insensée.

Peut-être alors abjurerais-je ces funestes pensées de mort. Oui, je le crois, afin de la rendre utile aux autres, et honorable pour moi, je voudrais me ressaisir de cette vie que j'allais si pitoyablement immoler à une chimère. Ah! par pitié, monsieur, soyez cet ami, et ne m'abandonnez pas à mon malheur.

Les accens de ce jeune homme avaient je ne sais quoi de pénétrant qui ranima mon cœur trop disposé à l'attendrissement. Je lui tendis la main; il me pressa dans ses bras avec cordialité; il y eut des larmes mêlées, des protestations, et nous voilà tout à coup les meilleurs amis du monde. Trop agité, dit-il, pour me faire en cet instant la confidence de ses peines amoureuses, il me pria d'attendre notre arrivée à Paris, où il se proposait de cultiver assidûment l'amitié que je venais de lui accorder. Nous retournâmes au château; on y disposait tout pour mon départ. A la demande de madame Leprêtre, la maréchale avait fait mettre une de ses voitures à mes ordres. Guichard y prit place avec moi.

—

XI

Arrivée à Paris.

Pendant la route, que nous fîmes lentement en deux jours, mon compagnon de voyage ne fit aucune tentative pour surprendre ma confiance; et c'est par-là justement qu'il réussit à s'en emparer. Il savait bien que mon cœur souffrait en réalité de ce défaut d'épanchement dont il avait feint d'éprouver lui-même le besoin. Je le trouvai si affectueux, si bon, il parlait d'amour d'un air si pénétré, que peu à peu je lui livrai tout entier le secret de mes peines. Il ajusta le conte des siennes d'après mon histoire, dont il me fit à peu près la contre-partie. Mais lui, bon gentilhomme, ce ne pouvait être le préjugé de la naissance qui faisait obstacle à ses vœux ; c'était l'argent. Il aimait la fille d'un bourgeois immensément riche, qui la lui refusait à cause de la médiocrité de sa fortune.

Guichard ajouta que l'opulence dont le spectacle frappait partout ses regards chez la maréchale de..., contrastant trop vivement avec sa pauvreté, avait irrité ses regrets et provoqué le désespoir subit où je l'avais surpris. En retour, je lui avouai que ce noble et vieux manoir où tant d'écussons, d'armoiries, de trophées glorieux, témoignaient si orgueilleusement de l'antiquité d'une race héroïque, n'avait pas peu contribué à me dégoûter de la vie, en aigrissant ma souffrance par la comparaison de toutes ces grandeurs de la terre avec mon néant.

Ami, me dit Guichard, après avoir réfléchi un instant, plus j'y pense, et plus clairement je découvre dans nos jeunes cœurs, le germe d'un vice, duquel il faut, avant tout, songer à les purifier : c'est l'envie. Je me chagrine des richesses dont regorgent tant de faquins; la gloire des grands noms vous importune. Cette tristesse envieuse nous ronge, nous accable, nous fait petits et faibles; elle nous livre désarmés à la mauvaise fortune. Faisons-lui face morbleu! à la fortune; rassemblons contre elle toutes nos forces pour la combattre avec avantage, et nous la vaincrons. Je puis conquérir la richesse; vous pouvez vous faire un grand nom. Les lettres n'illustrent pas moins aujourd'hui que la naissance : cette carrière vous est ouverte, à vous jeune savant, déjà couronné des palmes universitaires. Voyez quels noms glorieux s'y sont créés ces hommes d'élite qui marchent les égaux des plus grands seigneurs ; ces académiciens assis à la place d'honneur, à la table des princesses, et les arbitres de leurs salons! Voltaire n'est-il pas l'ami du duc de Richelieu, le favori du roi de Prusse? Pour ce qui me regarde, je m'attache à considérer les Crésus de la ferme générale ; et je me dis que les chemins par lesquels ils se sont élevés si haut, en partant de si bas, ne sont fermés à personne. Protégé, comme j'ai le droit d'espérer de l'être, par vos puissans amis, dont vous m'avez promis l'appui; peu désireux d'employer leur influence pour obtenir un grade de lieutenant, je les prierai de m'aider à me pourvoir d'une bonne place de finance.

Que mes aïeux en murmurent, je me ris de leur courroux. Il s'agit d'être heureux; et pour cela, il faut que je sois riche; il faut que vous soyez célèbre; car alors nous n'aurons plus rien l'un et l'autre à envier à personne.

Guichard avait l'imagination brillante et féconde, l'esprit gai, malin, amusant. Nous supposant tous deux arrivés au double but où nos vœux devaient tendre, il me peignit le monde sous de riantes couleurs, et m'en présenta des tableaux variés, dont le charme eut bientôt réconcilié avec la société des hommes, un misanthrope de dix-huit ans. Quant à nos amours, le vicomte eut à peine respiré l'air de la capitale, qu'il secoua le joug des siens, et se proclama libre.

Moi, j'appelai le dépit à mon secours. Les lettres de madame Leprêtre m'annonçaient le prochain mariage de mademoiselle de Montarmé avec le comte Léon; j'entendais dire aux gens qui venaient de Saint-Méry, qu'elle contractait avec joie cette alliance, objet des désirs ardens des deux familles. Je vis même l'intendant de ma marraine, M. Duvivier, faire emplette d'objets magnifiques pour les noces. Mais en vain la raison me conseillait-elle de m'affranchir de mon malheureux amour; je ne parvins qu'à le cacher, à le renier même devant mon unique confident, par la crainte du ridicule. Que pouvais-je de plus? Cet amour, c'était ma vie, monsieur: comment l'étouffer dans mon pauvre cœur sans me tuer aussi!

Cependant, convaincue que la solitude et les studieuses méditations, ne seraient bonnes qu'à nourrir la noire mélancolie, dont elle remarquait les symptômes trop évidens dans notre correspondance, ma bonne marraine me recommandait un peu de dissipation. Elle savait bien que le vieux ménage de monsieur et madame Duvivier était fort ennuyeux; et la saison n'était pas encore assez avancée, pour que les personnes de sa société eussent quitté la campagne: madame Leprêtre m'engagea donc à fréquenter les spectacles. C'était m'autoriser à ne point revêtir cet odieux petit collet, contre lequel j'avais montré tant d'aversion. D'après cela, j'employai ses vingt-cinq louis à me vêtir en gentilhomme, avec une élégance recherchée, à la grande joie de Guichard qui, de son côté, avait aussi fait les frais d'un habillement fort galant.

Charmés de notre bonne mine, nous allions tous les jours à la promenade, soit aux Tuileries, soit dans la grande allée du Palais-Royal, rendez-vous ordinaire du beau monde, nous avait-on dit. Mais là, non plus qu'à l'Opéra et aux comédies française et italienne, nous ne vîmes absolument rien qui répondît à l'idée que nous nous étions faite de ce beau monde. Malgré la victoire de Fontenoy, la guerre continuait avec vigueur; le petit nombre de jeunes gentilshommes qui ne faisaient point partie de l'armée, se gardaient bien de se montrer à Paris ; les belles dames n'y paraissaient pas non plus, par conséquent; c'eût été de fort mauvais air.

La noblesse tout entière était donc hors de France, ou dans ses châteaux; et, par esprit d'imitation, la bourgeoisie opulente affectait de se tenir à l'écart. Il résulta de là que, dans les lieux de réunions publiques, et surtout aux spectacles, où nous avions soin de nous mettre en évidence sur les bancs du théâtre, Guichard et moi, tout chamarrés de broderies et portant l'épée avec grâce, nous faisions toujours une certaine sensation.

Plusieurs femmes nous firent des avances effrontées qui me faisaient rougir. Le vicomte d'Albrégon riait de ma pudeur : il répondit galamment à la plupart de ces provocations ; mais il revint fort mal satisfait de ses rendez-vous. C'étaient des conquêtes trop communes pour un homme de sa qualité, et qui se croyait destiné aux grandes et nobles aventures. Aussi aspirait-il ardemment à être introduit dans la société de madame la duchesse de C..., chez laquelle je devais le présenter aussitôt qu'aux approches de l'hiver, elle reviendrait de ses terres. Madame la maréchale avait écrit à sa fille pour lui annoncer notre visite.

Nous menions cette vie dissipée depuis un mois, quand, à propos de je ne sais plus quelle autre bataille gagnée, il y eut des réjouissances publiques à Paris. Guichard voulut tout voir. Ne trouvant aucun agrément à ces cohues bruyantes, je refusai de l'accompagner. Il vint le lendemain me conter ses amusemens : il avait fait la débauche avec quelques jeunes gens, commensaux de sa table d'hôte, et des ouvrières en mode et en couture, dont les charmes l'avaient ravi. Surpris de sa chaleur à louer de simples grisettes, lui si dédaigneux des beautés d'un ordre beaucoup plus élevé, je reprochai au noble vicomte la bassesse de ses goûts. — Ah! mon ami, s'écria-t-il; vous ne vous doutez pas de ce dont vous parlez avec tant de dédain. Sans doute, je déteste ces bourgeoises au visage barbouillé de carmin, et éclaboussé de taches noires, parce que les dames de qualité mettent du rouge et des mouches; je ne puis souffrir l'âcreté poignante du musc dont elles s'inondent, à l'imitation de l'ambre délicat des duchesses dont elles singent si ridiculement le maintien et le langage. Mais les grisettes, mon cher d'Ambleville, les grisettes, un jour de fête, dans leurs atours coquets et simples à la fois, avec leurs jeunes figures fraîches, et naturellement vermeilles, leurs yeux brillans, leurs doux regards! quelle différence! Et puis c'est une gaîté si franche, un abandon.... Tenez, par exemple, c'est aujourd'hui, jour solennel, que tout ce peuple de jolies filles tient ses états-généraux, au Grand-Salon de la Courtille; allons les voir. On m'a conté que les courtisans, et les grandes dames elles-mêmes, dépouillant leurs dorures, et laissant leurs aïeux à la porte, y vont parfois, déguisés, se mêler à la foule, et prendre part à l'enivrement des joies populaires dans toute leur naïveté. Allons, mon grave et sévère Caton, venez à la guinguette dérider un peu votre front soucieux.

— J'avoue, répondis-je, que j'assisterais sans répugnance, une fois, à ces saturnales parisiennes, sauf à n'y point rencontrer ces grandes dames dont vous me faites fête, puisqu'elles sont toutes encore à la campagne.

— Qui peut savoir ! repartit Guichard. Le roi, de retour de l'armée, est arrivé hier au soir à Versailles ; il fera, sous peu de jours, une entrée triomphale à Paris. La noblesse, n'en doutez pas, sera déjà venue en foule pour grossir son cortége. Il y a toujours, à ces occasions, une large curée de faveurs, de promotions, de grades, de croix de Saint-Louis ; et chacune de ces dames a, pour le moins, un amant ou un cousin à pourvoir. Qui sait si plusieurs d'entre elles, dans le dessein de mieux faire leur cour, ne voudront pas avoir à raconter qu'elles ont vu, de leurs yeux, combien le peuple est heureux; comme il se réjouit de la gloire de son roi, et par amour pour lui! Oui, j'en suis sûr, continua le vicomte, en s'animant; oui beaucoup de ces déesses descendront ce soir de leur empyrée, et viendront, voilant leur divinité sous un nuage, se jouer, inconnues, parmi les mortels. Remarquez, mon ami, que depuis le printemps, la guerre leur a enlevé tous leurs adorateurs. Or, dans la disette où elles sont condamnées à languir, jugez un peu, M. le chevalier d'Ambleville, du ravage que vont faire dans leurs cœurs, deux jeunes et beaux gentilshommes comme vous et moi.

— Ainsi, lui dis-je en riant, me voici chevalier et gentilhomme ?

— Et pourquoi pas ! répondit-il ; on n'est dans le monde que ce qu'on veut être ; tout dépend du premier pas. Vous êtes aussi trop modeste ; votre père est annobli ; vous, vous êtes noble. Soyez chevalier, en attendant mieux; personne n'y trouvera un mot à dire. En tout cas, le dernier assaut d'armes que nous avons fait ensemble, me prouve que vous sauriez, au besoin, soutenir cette juste prétention à la pointe de votre épée. Cinq ou six gouttes de sang, répandues à propos vous confirmeront ce titre aussi solidement que les parchemins réunis de tous les chevaliers de Malte.

Ma vanité, doucement caressée, trouva ces raisons excellentes ; j'acceptai la partie de plaisir proposée. Pour qu'elle fût complète, nous nous parâmes de nos plus beaux habits; je pris un carrosse de remise, avec un laquais de louage en livrée, et je régalai mon ami d'un excellent dîner au meilleur cabaret de Paris. Le soir, après avoir été nous faire admirer, au Cours-la-Reine et aux boulevards, dans notre bel équipage, nous nous fîmes conduire hors de la barrière, au Grand-Salon, gais comme des écoliers en vacances, bercés de ravissantes chimères:

Guichard plus vicomte que jamais, moi déjà chevalier, en attendant mieux, tous deux en pointe de vin de Champagne.

XII

Le Grand-Salon de la Courtille.

C'est en effet, monsieur, un coup-d'œil fort singulier que celui du Grand-Salon de la Courtille, un jour de fête publique. Les poissardes et les forts de la halle, qui, le matin, avaient complimenté le Prévôt-des-Marchands et l'Intendant de Paris en grande cérémonie, et puis assisté aux spectacles gratis, dans les loges royales, représentaient la haute classe de cette société populaire. Tout le monde s'y conformait à leur ton, imitait leurs accens et leurs gestes ; on dansait à leur manière. Le fameux Vadé présidait à tout. Il menait un chœur de dames de la halle, ou plutôt de jeunes gens habillés en femmes, qui chantaient des couplets dans le style grivois qu'il a mis à la mode, et apostrophaient les allans et venans en langage rimé, grossièrement graveleux et satirique.

Vous jugez bien que nos habits brodés et nos petits airs de courtisans furent pas épargnés. Nous étions les seuls mis de la sorte. Les fausses poissardes nous entourèrent , sautant , hurlant , nous accablant de quolibets. J'en étais excédé ; je voulais rompre cette ronde infernale , m'ouvrir un passage , m'enfuir. Guichard, mieux inspiré, tient tête à cette cohorte de bacchantes ; tout en riant , il leur rendit injure pour injure, et enchérit sur le dévergondage de leurs paroles obscènes, à tel point qu'elles s'avouèrent battues avec leurs propres armes, et le proclamèrent vainqueur , aux grands applaudissemens de la foule.

Dès-lors nous pûmes circuler en toute liberté dans l'enceinte ; mais j'y cherchais en vain ces jeunes et fraîches figures, naturellement vermeilles, dont Guichard m'avait fait une si attrayante peinture. Ce n'étaient partout que des faces enluminées de vin, aux traits durs et épais. Ces joies populaires, dans toute leur naïveté, selon son expression, ne me parurent que criardes et turbulentes. Il en tomba d'accord; et, tout-à-fait désabusé, il cédait enfin à mes instances, et nous nous retirions; mais alors nous fûmes arrêtés de nouveau par cette même bande de jeunes gens en poissardes, que conduisait Vadé.

Cette fois ils s'attaquaient à deux femmes vêtues en dames de la halle. Le costume paraissait fort exact au premier coup-d'œil; mais les étoffes dont il se composait, étaient d'une finesse excessivement recherchée, et les dentelles de leurs bonnets, magnifiques. Avec cela leur démarche et leur maintien n'avaient pas le moindre rapport avec l'habit du rôle qu'elles jouaient. Tout décelait un travestissement maladroit; et pour combler la mesure, elles s'étaient avisées de porter à leurs narines, dédaigneusement relevées, des flacons d'eau de senteur pour combattre l'influence du mauvais air.

Oh! tout ce que ce méfait souleva de joyeuses colères et d'épigrammes acérées contre la délicatesse de ces deux pauvres femmes, je n'entreprendrai pas de vous le raconter, monsieur.

Elles montraient une vive impatience d'échapper à leurs persécuteurs. Un petit vieillard, bien chétif, qui les suivait, habillé en fort, essaya de s'interposer. La vue de cet avorton fit éclater un rire universel : elles ont un page, crièrent les poissardes; vou voyez bien que ce sont des marquises.

— Je m'en doutais, murmura Guichard à mon oreille ; et ses yeux pétillaient de joie.

Cependant Vadé avait entonné une chanson bouffonne, devenue depuis fort célèbre, et dans laquelle il se moque plaisamment des manières précieuses qu'affectent les belles dames quand elles viennent, déguisées, au cabaret de l'Écu. Il chantait, et les jeunes fous, ses compagnons, formant une ronde autour des deux dames et de nous, répétaient chaque refrain avec des gestes et des postures dont l'excessive lasciveté a, comme vous le savez, provoqué depuis peu un mandement exprès de Mgr. l'archevêque de Paris. Cela devenait intolérable. J'offris le bras à l'une des dames, en annonçant à haute voix le dessein de la protéger. Guichard s'empara de l'autre; et, parlant la langue du pays à ces extravagans, avec lesquels il avait déjà fraternisé, il obtint d'eux la liberté de leurs prisonnières. Nous les emmenâmes, abandonnant le page aux traits de l'inépuisable moquerie de la bande de Vadé.

La sortie du salon était impossible, tant la foule se pressait du côté de la porte! Nous conduisîmes nos nymphes dans le jardin, et nous pûmes enfin les faire asseoir sous une treille, où nul voisinage incommode ne gênait notre conversation.—Rassurez-vous, belles dames, leur dit Guichard d'un air comiquement sérieux; le hasard vous a placées sous la protection de deux seigneurs qui sauront vous défendre contre les attaques de cette insolente canaille. Je suis le fils de l'amirante de Castille, l'un des grands d'Espagne, qui eurent l'honneur d'amener en France, l'an dernier, à monseigneur le dauphin, notre infante, son auguste épouse; et mon ami, que voici, est le duc d'Ossuna, proche parent de sa majesté le roi d'Espagne. Vous pouvez maintenant nous avouer naturellement ce que nous avons déjà deviné ; car il n'est pas douteux que vous ne soyez des dames de qualité, qui avez voulu, comme nous, juger *incognito* le spectacle, si mal à propos renommé, de cet odieux Grand-Salon.

Pendant le discours de Guichard, j'observais les dames. Toutes deux avaient trente ans à peu près : l'une, grande et régulièrement belle ; l'autre, d'une taille moyenne, et dont la jolie figure se faisait surtout remarquer par une expression de finesse et de malignité fort piquante. — Monseigneur, répondit-elle à Guichard, sans être précisément ce que vous pensez, nous ne sommes pourtant pas des personnes du commun. Adléaide, ma cousine que vous voyez, est fille de notaire, et son mari est avocat au Conseil. Moi, je suis femme d'un procureur à la Chambre des comptes, pour vous servir, si j'en étais capable.

— Pour me servir! s'écria Guichard en riant, vous en êtes, morbleu! bien capable, ravissante procureuse, si j'en crois la vivacité de ces yeux provoquans....

— Que voulez-vous! dit-elle en les baissant, j'ai pour les grands seigneurs un faible tout particulier. Mais, voyez la folie! aller m'imaginer que le propre fils de cet illustre amirante de Castille daignerait arrêter un moment ses regards sur une simple bourgeoise !

— Allons, observa Guichard d'un air émerveillé, de la modestie à présent ! il ne manquait plus que cela pour m'achever. Que parlez-vous d'arrêter un moment mes regards ! Les voilà fixés pour la vie...

— Pour la vie ! répliqua-t-elle avec vivacité ; c'est un loyer bien long, monseigneur ; et j'ai besoin de réfléchir beaucoup avant de prendre un engagement si sérieux.

— Quoi ! de la résistance aussi ! cria Guichard ; mais elle est universelle ; et tout décidément je suis fou de ce minois mutin dont la gentillesse me charme.

— Trève de folies, Eléonore, dit l'autre dame à sa compagne.

— Pour Dieu ! majestueuse avocate au Conseil, reprit-il, n'intervenez pas dans cette petite guerre où j'ai déjà du pire dès les premières escarmouches, contre la céleste et redoutable Eléonore; et ne vous occupez, je vous prie, que de vos affaires.

— Je n'en ai point du tout, répondit-elle gaîment ; vous voyez bien que M. le duc d'Ossuna, mauvais ami, ne tente aucune espèce de diversion en votre faveur.

— Oh ! répliqua-t-il, ces courages si froids avant le combat n'en sont que plus impétueux, madame, quand la bataille est engagée. Méfiez-vous, belle

Adélaide, du calme trompeur de M. le duc d'Ossuna, et rappelez-vous les gardes anglaises à Fontenoy. Il est homme à vous prier poliment, comme elles, et chapeau bas, de faire feu la première; mais alors, morbleu!...

Adélaide éclata de rire, et ne suivit que trop à la lettre le conseil de Guichard. Elle était belle, spirituelle, hardie jusqu'à l'audace, parfois même jusqu'au cynisme. Dans toute autre occasion, ma pudique adolescence en eût été sans doute effarouchée. Mais, je vous l'ai dit, avant de venir au Grand-Salon, Guichard et moi, nous avions fait la débauche au cabaret, et sablé le champagne outre mesure. Notre double tête-à-tête fut donc très-animé pendant plus d'une heure sous cette treille. Toutefois, la vive clarté du jardin, et de nombreux témoins contenaient l'ardeur de nos transports. Guichard se plaignait amèrement de cette contrainte ; il proposa de reconduire ces dames chez l'une d'elles.

Eléonore avoua que son mari était absent de Paris, et que si nous promettions d'être sages et réservés....... Guichard s'empressa d'en faire le serment, et prit tout sur lui. Tranquillisées par cette assurance, les dames ne firent plus d'objections, et se laissèrent conduire à notre voiture de louage que nous avions laissée à quelque distance de la guinguette.

XII

La petite Maison.

—

Eléonore donna l'ordre au cocher de nous mener à l'extrémité de la Chaussée-d'Antin. Arrivés à ce lieu presque désert, où l'on ne voit qu'un petit nombre de maisons de pauvre apparence, entourées de jardins de maraîchers, elle fit arrêter ; nous descendîmes, et, à sa demande, je renvoyai le carrosse et le laquais. La nuit était fort belle ; nous suivîmes d'abord à gauche, du côté des Mathurins, un sentier à travers les marais, entre deux haies épaisses ; puis un autre encore plus étroit, et nous parvînmes ainsi jusqu'à une porte dont elle avait la clef. Introduits dans un grand jardin rempli d'arbres touffus, elle nous conduisit à une maisonnette isolée, où nous fûmes reçus par le petit vieillard que nous avions laissé déguisé en fort de la halle au Grand-Salon.

L'intérieur de ce petit édifice me parut d'une élégance de très-bon goût, quoique tout y fût fort simple. Mais on eût dit que la volupté elle-même en avait disposé les moindres arrangemens. Au milieu du salon, éclairé d'un demi-jour, parfumé de suaves odeurs, nous trouvâmes le souper servi sur une table fort basse, ornée de fleurs, et entourée de larges piles de carreaux, à l'orientale. C'était un ambigu composé de mets froids, de pâtisseries et de fruits; le vieux gardien y ajouta des vins de toute espèce rafraîchis dans la glace; il couvrit un buffet de porcelaines, de cristaux et d'argenterie; puis il se retira pour ne plus reparaître.

Que vous dirai-je, monsieur! Le lendemain au réveil, un peu tard, je fus surpris de me trouver sans compagne, dans une jolie chambre où je n'étais pas venu seul. Je m'habillai à la hâte; et, quand j'entrai au salon, Guichard y arrivait de son côté. Le petit vieillard disposait le déjeûner sur la table, où nous ne vîmes plus que deux couverts: Et ces dames? demandâmes-nous à la fois.

— Sur mon âme, messieurs, répondit-il, je ne sais ce que vous voulez dire. J'ai eu l'honneur de vous recevoir et de vous traiter de mon mieux dans cette maison qui est à moi. Je me flatte que vous n'avez aucun reproche à m'adresser sur la manière dont j'exerce l'hospitalité. Des jeunes gens bien élevés, aimables, spirituels, contens de l'accueil qu'on leur a fait, n'ont plus qu'à remercier leur hôte...

— C'est juste, dit Guichard, en tirant sa bourse. Mais je veux savoir....

— Non, monsieur, interrompit le vieillard, je ne demande rien, que d'honnêtes procédés en échange des miens. Voilà votre déjeûner prêt. J'attendrai là-dedans vos ordres pour avoir l'honneur de vous reconduire.

Il sortait. — Voyons, brave et digne homme, dit Guichard en le retenant; causons un peu, de bonne amitié, je vous en prie. Nous ne pouvons croire que tout ceci soit aussi sérieux que le dit votre mine rébarbative. Non, il n'est pas possible que ces dames vous aient donné l'ordre de congédier si lestement des gentilshommes comme nous.

— Je vous proteste, messieurs, repartit le vieil homme, qu'aucune dame ne loge ici. Il y a plus, vous interrogeriez en vain le voisinage à ce sujet ; on vous répondrait qu'on n'en voit jamais entrer une seule chez moi; et c'est la vérité. Vous comprenez que sur ce point je suis tout-à-fait d'accord avec le voisinage, et que vous n'aurez pas non plus d'autre réponse de moi.

— Ainsi, observa Guichard avec dépit, elles n'ont pas témoigné le moindre désir de nous revoir, et de savoir qui nous sommes?

— Quoi ! dit le vieillard, en nous regardant avec un sourire malin, ne sais-je pas bien que j'ai l'honneur de parler à l'illustre fils de M. l'amirante de Castille, et à M. le duc d'Ossuna, proche parent de sa majesté le roi d'Espagne ? Qu'est-il besoin de dire à des seigneurs de leur rang qu'on ne manque ni du désir de les revoir, ni d'occasions pour le leur témoigner ?

— C'est assez, interrompis-je, fort mécontent du ton que prenait l'entretien. Nous ne déjeûnerons pas, et veuillez bien nous indiquer par où l'on sort d'ici.

En effet, la maison était, de toutes parts, entourée d'un taillis épais, qui n'offrait à l'œil aucune issue. Le vieillard nous pria de le suivre, et nous dirigea du côté opposé à celui par lequel nous étions venus. A la suite d'un labyrinthe assez compliqué, nous entrâmes dans l'enclos d'une autre maison, dont la sortie était sur des jardins de maraîchers, qu'il fallut traverser pour aller prendre un sentier par lequel nous arrivâmes enfin à la chaussée, non sans de longs détours.

Nous nous trouvions alors assez près de l'hôtel des Gardes-Françaises, au coin du boulevart, vis-à-vis la rue d'Antin; il y avait beaucoup de monde dans ce lieu très-fréquenté. Le désordre de nos coiffures, nos escarpins et nos bas de soie souillés de la boue des marais, contrastaient ridiculement avec la richesse de nos habits brodés, si rares d'ailleurs à rencontrer à pareille heure. Nous devînmes donc bientôt l'objet de l'attention et de la risée des passans : ce qui ne contribuait pas peu à m'entretenir dans ma méchante humeur. Heureusement un fiacre se trouva là ; nous nous y réfugiâmes, et je commandai au cocher de nous conduire chez Guichard ; car je ne voulais pas reparaître en si mauvais état à la maison.

Eh bien ! lui dis-je, quand nous fûmes dans la voiture, voilà le fruit de vos inutiles menteries ; nous avons passé, dans l'esprit de ces dames, pour de misérables aventuriers. Elles nous ont fait chasser de chez elles avec mépris.

— Enfant ! répondit Guichard ; du mépris pour des jeunes gens tels que nous ! Et après ce qui s'est passé ! Non, non, cela ne peut être. Sans aucun doute, elles n'ont pas été la dupe de ma pasquinade ; mais elles nous ont payé de la même monnaie, et nous sommes à deux de jeu. Elles sont trop spirituelles, et beaucoup trop indécentes, pour être de simples bourgeoises : je les crois fermement femmes de la cour, ou bien filles entretenues par de très-grands seigneurs. Dans l'un et l'autre cas, elles ont des ménagemens à garder. Mais assurez-vous bien que, de toutes façons, les rusées savent bien où nous retrouver, ne fût-ce qu'aux spectacles où nous allons souvent. Selon mes conjectures, elles nous y avaient déjà remarqués.... Ah, mon Dieu ! s'écria-t-il, en s'interrompant lui-même ; j'y suis... oui, c'est cela. Vous rappelez-vous ces deux dames qui nous lorgnaient si obstinément avant-hier à la Comédie italienne, du haut d'une petite loge ? C'étaient elles ; je m'en souviens fort bien à présent. Mais elles avaient du rouge, des mouches, des plumes... et puis le demi-jour de cette salle mal éclairée.... C'étaient elles, vous dis-je. Allez, allez, demain, sans plus de retard, attendez-vous à juger, à la lecture des messages amoureux qu'elles sauront bien nous faire remettre, si c'est du mépris que nous leur avons inspiré.

Je vous avoue, monsieur, que je ressaisis avec beaucoup de plaisir l'espérance de revoir cette belle et mystérieuse maîtresse. Cela vous semblera, je le crains, peu compatible avec ce tendre amour dont mon cœur brûlait toujours pour mademoiselle de Montarmé. Mais, de bonne foi, le cœur était-il là pour quelque chose? Pas le moins du monde, monsieur. On voit de ces délicatesses de convention dans les romans; et moi, je vous raconte une histoire.

XIII

Un Revers.

—

Jusque-là j'avais été pur. Bien plus, ma pensée était demeurée chaste, même alors que l'emportement de mes expressions alarmaient la pudeur d'Honorine et provoquaient ma disgrâce.

Aussi, dans l'aventure de la petite maison, tout fut-il nouveau pour moi, sensations, sentimens, idées. Je crus sérieusement commencer une autre existence, la seule vraie, la seule désirable, et que je m'étonnais de n'avoir pas comprise encore; une vie de délices, de voluptés, de véritable amour. Cette femme était bien enivrante, monsieur, je vous assure; et puis, vous le voyez, ma jeunesse ardente, inexpérimentée, confondait la fureur des désirs avec les transports d'une âme passionnée.

Hors de moi, les sens bouleversés, j'hésitai à me présenter devant monsieur et madame Duvivier; j'avais honte. Je voulus prendre, du moins, le temps de me calmer un peu, et surtout de réparer le désordre de mon ajustement. Il me semblait que du linge blanc et une coiffure soignée suffiraient à déguiser ce trouble accusateur. Je m'occupai d'abord de ce soin chez Guichard. Il fallut ensuite déjeûner ; et nous ne nous lassions pas de causer des détails de l'étrange événement de la nuit. Il était enfin plus de midi quand je rentrai à la maison.

J'y trouvai tout en émoi. Monsieur et madame Duvivier avaient passé la nuit dans les angoisses ; la maison entière était restée sur pied. Les messages multipliés chez le vicomte d'Albrégon n'ayant rien appris, on y envoya de nouveau le matin, à diverses reprises, mais avant notre retour, et, par conséquent, sans plus de fruit. Alors ils me crurent mort, assassiné : le mari s'empressa d'aller faire une déclaration du fait au lieutenant de police. Pendant ce temps-là, sa femme, non moins sotte, envoya un exprès pour annoncer ce malheur à madame Leprêtre. Dans son effroi, ma marraine écrivit aussitôt à mon père, en le pressant de courir à Paris.

J'eus bientôt calmé l'agitation des bons Duvivier, en leur contant que j'avais passé la nuit à m'amuser des folies du grand-salon, avec des gens de fort bonne compagnie, attirés là comme moi par la curiosité; et que, le matin, nous étions allés faire un déjeûner tous ensemble à la Râpée. Ils crurent aisément ce que je leur dis, tant leur joie était vive de me retrouver sain et sauf! car les rues de Paris sont fort dangereuses la nuit, vous le savez fort bien, surtout après une journée de réjouissance publique, à cause du mauvais vin qu'on y distribue en abondance à la canaille.

Après cette explication, j'attendis avec impatience que l'heure du spectacle fût venue. J'allai prendre Guichard, et nous courûmes à la Comédie italienne. Nos belles n'y parurent point. Nous questionnâmes l'ouvreuse à l'étage élevé, où Guichard les avait vues. Cette femme accepta sans difficulté notre argent; mais elle parut ignorer tout ce que nous avions intérêt à savoir, même le nom du propriétaire de la loge à l'année que Guichard lui désigna. Je continuai avec lui nos recherches en divers lieux, et tout aussi infructueusement, pendant deux jours. Le troisième au matin, mon père arriva de sa terre d'Ambleville.

J'ignorais le message de madame Duvivier à madame Leprêtre, et ce qui s'en était suivi. Dans ma sécurité, me disposant à faire ma toilette pour sortir, je venais d'étaler avec complaisance sur des fauteuils ma riche garde-robe. A cette vue, qui le frappa d'abord, mon père jeta les hauts cris contre mes folles dépenses. Du reste, médiocrement satisfait de me trouver encore en vie, après m'avoir cru mort, je ne le vis qu'irrité d'avoir été dérangé et constitué en dépenses pour rien.

Il refusa de croire au récit dont les Duvivier s'étaient contentés. Attribuant mon absence de la maison, durant toute une nuit, à une cause qui ne s'éloignait guère de la véritable, il s'emporta contre mon libertinage; et, pour m'empêcher de m'y livrer désormais avec autant de licence, il me commanda de prendre à l'instant même l'habit ecclésiastique. « Une soutane, morbleu! s'écriait-il; une soutane!... Le vaurien me réduirait à la mendicité dans mes vieux jours, ainsi que sa malheureuse mère, si je le laissais prendre goût à ce luxe dévorant.

— Mais, mon père, m'écriai-je, je ne vous demande pas d'argent.

— Je le crois parbleu bien, répliqua-t-il en pâlissant; il ne manquerait plus que cela ! Et où prendrais-je, bonté du ciel ! l'argent qu'il faut pour subvenir à de si horribles dissipations? Crois-tu donc que je vole les coches, et que je détrousse les passans? Monsieur parle d'argent comme s'il n'y avait qu'à se baisser et prendre. Par la sambleu ! le peu que j'en ai pour vivre pauvrement, je l'ai gagné à la sueur de mon front. Ah ! il te faut des habits brodés d'or ; il te faut des bas de soie et des escarpins ! J'étais en sabots, moi, quand je suis venu à Paris...

— Eh ! mon père, interrompis-je,

ne me l'avez-vous donc pas assez dit? Aux sabots près, qui ne sont pas, au bout du compte, indispensables pour faire fortune, je ne demande qu'à suivre votre exemple; et, sans vous rien coûter du tout, je saurai bien me former un établissement par mes propres ressources, avec l'aide de ma marraine.

— C'est ce qu'il faut rayer de tes papiers, répliqua-t-il. Ta marraine m'a déclaré qu'elle t'abandonnerait si tu refusais d'être d'église, et que tu retomberais à ma charge. A ma charge!.. Et je le souffrirais! un débauché, un prodigue, qui m'aurait bientôt mis sur la paille. Non, non, je ne veux pas mourir à l'hôpital, si je puis. Madame Leprêtre a parole de M. de Senlis de te pourvoir d'un bon bénéfice le jour où tu recevras la tonsure; et tout est disposé pour que tu fasses dans cette carrière un chemin rapide et brillant. N'espère donc pas tromper notre attente à tous, et mes plus chères espérances; car, morbleu! je te fais enfermer pour le reste de tes jours, si tu bronches seulement. La soutane, je le répète; la soutane, dès aujourd'hui, c'est ma volonté. Et pour être plus sûr qu'elle soit ponctuellement exécutée, je commence par faire main-basse sur tout cet attirail de muguet, qui n'est bon qu'à jeter de la poudre aux yeux des drôlesses avec lesquelles on va perdre sa santé, son temps et son argent, pendant des nuits entières. »

Mon père enleva tout, comme il m'en avait menacé, et fouilla ma commode et mes malles, pour être bien assuré qu'il ne me laissait absolument aucun vestige de ce luxe ruineux. Après ce bel exploit, il chargea madame Duvivier de me faire faire un habit de séminariste, en drap grossier, et lui commanda, au nom de madame Leprêtre, de ne plus me laisser sortir de la maison sans l'abbé Simon. Puis il reprit, tout satisfait, le chemin de sa terre d'Ambleville.

Bien loin de le soumettre, cette excessive dureté ne fit que révolter mon esprit, en blessant douloureusement mon cœur. En effet, monsieur, nulle tendresse, point de persuasion, aucun conseil ; de l'égoïsme, des ordres secs, durs, absolus, des menaces. Et ces mensonges dictés par l'avarice, à quoi bon ? ne savais-je pas bien que mon père était immensément riche ? Et pourtant j'étais sincère, moi, en protestant que je ne lui demandais pas la plus légère parcelle de son superflu.

En vérité, monsieur, je n'aspirais qu'à la liberté de suivre mon penchant dans le choix d'une carrière. Je n'avais fait qu'une faute, de peu de conséquence. Sous les yeux d'un bon père, guidé par lui, éclairé de son expérience, j'aurais pratiqué la vertu que j'aimais; je serais devenu un homme honnête et utile. Le mien ne le voulut pas ; ma cruelle destinée devait s'accomplir.

XIV

Le petit Collet.

OPPRIMÉ, contraint de recourir à la ruse, j'écrivis à Guichard de venir me voir, afin de concerter ensemble les moyens de déjouer le plan de tyrannie de mon père. Les domestiques m'aimaient tous, particulièrement le suisse; j'étais donc bien sûr de pouvoir sortir secrètement de la maison à toutes les heures du jour, et de la nuit même, sans le moindre obstacle. De plus, je pouvais compter sur l'indulgence de M. Duvivier et de sa bonne femme. Mais une difficulté nous arrêta : mon père avait poussé la précaution jusqu'à m'enlever tout l'argent que je tenais des bontés de ma marraine. Il m'en fallait beaucoup pour me refaire une garde-robe. Guichard m'avoua qu'il se trouvait à sec. Il devait même à son hôtel et à son tailleur des sommes assez fortes, et ne jouissait d'aucun crédit.

Ce fut un grand chagrin. Comment penser à me montrer dans les rues en soutane ! Il fallait donc renoncer à poursuivre la recherche d'Adélaide. Que dis-je ! je serais mort de vergogne si je l'eusse rencontrée seulement, affublé de ce costume lugubre et disgracieux, et dans la compagnie du sot pédant qu'on voulait m'imposer pour mentor ! Je me voyais donc forcé d'attendre le premier novembre, époque du paiement de ma pension mensuelle. Et cela ne pouvait me procurer encore qu'un faible à-compte des dépenses les plus indispensables ; car, cette fois, il s'agissait de m'équiper complétement de pied en cap.

Nous étions dans les premiers jours d'octobre. Tout un mois sans espoir de revoir Adélaïde ! tout un mois de prison ! Désolé, je m'enfermai dans ma chambre, dont je défendis l'accès à l'abbé Simon, même à mon bon ami M. Duvivier. Je cessai de répondre aux lettres de madame Leprêtre. On me servait chez moi ; la plupart du temps on remportait tout, sans que j'eusse consenti à prendre la moindre nourriture.

Les visites de mon ami Guichard étaient mon unique consolation ; mais, hélas ! il ne m'apportait que de tristes nouvelles de nos amours. Ses recherches continuaient à être vaines pour retrouver les traces d'Adélaïde et d'Eléonore. Pour comble de peine, j'entendais parler plus que jamais du prochain mariage de mademoiselle de Montarmé et du comte Léon. Oh! dans ces momens-là, que j'aurais voulu être libre de courir aux genoux de ma belle maîtresse de la petite maison! J'aspirais à lui parler d'amour, comme on brûle de se venger; comme si l'infidelle Honorine eût dû en sécher de jalousie.

Mon désespoir commençait à inspirer de sérieuses inquiétudes, quand un matin Guichard entra chez moi, la figure radieuse : Ami, me dit-il, madame la duchesse de C... est arrivée.

— Que m'importe! répondis-je tristement. Je n'irai certainement pas chez cette dame, en compagnie de ce stupide abbé Simon, et travesti en séminariste.

— Eh, mon cher ami ! s'écria-t-il, vous voulez donc me couper le cou ? Tout mon avenir dépend de cette démarche ; c'est vous qui devez me présenter chez madame la duchesse.

— Vous pouvez bien vous présenter vous-même, repris-je ; je vous donnerai la lettre de madame la maréchale, et vous la remettrez à madame de C...

— La lettre est en votre nom, répliqua-t-il. Cela serait gauche, et me mettrait dans la plus sotte position du monde ; j'aurais l'air d'un laquais qui va demander une place, avec son attestation de bonne conduite à la main. Non, mon cher d'Ambleville ; le bon usage veut que vous adressiez la lettre, sous enveloppe, à madame la duchesse, en y joignant un billet respectueux, légèrement ambré, par lequel vous lui demanderez ses ordres pour avoir l'honneur de vous présenter chez elle avec le gentilhomme, votre ami, que madame la maréchale a la bonté de lui recommander. Écrivez cela mot à mot de votre plus jolie écriture. La duchesse vous assignera un jour, une heure, probablement celle de sa toilette... Oui, de jeunes gentilshommes que lui adresse sa mère, c'est presque de l'intimité. Tout étant ainsi disposé convenablement d'avance, nos noms connus, l'objet de la visite spécifié, le reste ira de soi-même; et quand on annoncera M. le vicomte d'Albrégon et M. le chevalier d'Ambleville...

— Eh, bourreau! interrompis-je, oubliez-vous donc cette horrible soutane et cet abbé Simon?...

— Mais non, reprit-il; mais il n'est point du tout question de soutane. C'était une idée saugrenue de votre père, à laquelle on n'a pas donné de suite. C'est en abbé de très-bonne compagnie que votre marraine veut vous produire, et non pas en cuistre de séminaire. Où serait le grand mal, je vous prie, qu'on annonçât chez madame la duchesse le vicomte d'Albrégon et M. l'abbé d'Ambleville?

— Mais je ne veux pas être abbé, répondis-je.

— Raison de plus pour aller chez madame de C..., repartit Guichard, et obtenir ses bonnes grâces. Ne savez-vous pas qu'elle est amie de la reine, et peut tout ce qu'elle veut? Elle vous protégera contre vos oppresseurs : il ne s'agit que de le lui faire vouloir; et pour cela il faut lui plaire. Or, qui peut se présenter dans la lice avec plus d'avantages que vous, heureux adolescent? je vous le demande. Croyez-vous qu'une dame de la cour, qu'on m'a dit femme d'esprit et fine connaisseuse, verra sans émotion votre figure fraîche et rosée, ces traits délicats dont l'ensemble est pourtant si remarquable par leur mâle beauté? N'est-ce rien, je vous prie, que cette taille élevée, parfaite, ce maintien noble et fier, avec un regard si doux, presque timide; et cet admirable accord de la grâce et de la force, qui lui rappelleront le Rinaldo du Tasse :

Nelle armi avolto,
Marte lo stimi; amor, se scropre il volto.

Pardon, monsieur, si je vous répète ces exagérations de Guichard ! ce n'est pas, vous le pensez bien, pour me targuer de quelques frivoles avantages dont la nature m'avait doué, et desquels ma triste jeunesse est déjà dépouillée. Je veux seulement vous montrer de quelle manière l'adroit séducteur s'emparait de toutes mes faiblesses, et s'en servait pour me maîtriser et me diriger à son gré. Il savait bien que les jeunes hommes ont aussi leur coquetterie, et ne sont pas plus insensibles que les femmes aux louanges de leur beauté.

— La duchesse n'y résistera pas, poursuit-il plus vivement, en me voyant ébranlé. Eh ! qu'importe, je vous prie, la couleur de l'armure du chevalier que son destin appelle à cette brillante conquête ! Jamais le manteau-court ne fut aussi florissant ; c'est un étendard de victoire plus assuré peut-être aujourd'hui que l'habit pailleté des marquis. Triomphez seulement, et vous commanderez après. La trop heureuse duchesse obéira sans résistance aux volontés d'un si joli garçon. Par son crédit tout puissant, vous cesserez d'être ce qui vous déplaît ; et moi je serai ce que je veux être : fermier-général, à tout le moins. Quant à l'abbé Simon, ne craignez pas qu'il lui vienne à la pensée de nous suivre à l'hôtel de C...; abbé, si vous voulez, mais pied-plat qui se rend justice, il sait fort bien, le pauvre hère, que les crocheteurs apostoliques n'entrent pas au salon des duchesses. Au surplus, je me charge de faire entendre raison là-dessus au bon Duvivier qui me considère.

Tout était en effet convenu d'avance entre eux; Guichard ayant promis de m'amener à prendre l'habit ecclésiastique, si l'on s'engageait à me laisser jouir, sous ce costume, d'une honnête liberté. Madame Leprêtre, instruite de cette transaction, consentait à la ratifier, et en avait fait remercier M. le vicomte d'Albrégon, qu'elle prit, à ce sujet, en fort grande estime.

On m'apporta donc l'habit noir, le manteau court avec le petit-collet, le rabat flottant. Guichard trouva cela fort galant. A sa prière, je laissai tailler, friser en *rond* élégant et mousseux, poudrer à la neige, mes beaux cheveux châtains, que l'on couronna ensuite d'une petite calotte bien luisante; puis je m'habillai. Guichard présidait à ma toilette; et quand tout fut à son point, il fit des cris d'admiration sur ma bonne mine. Je confessai que j'étais réellement fort agréable ainsi.

XV

La Surprise.

—

Duvivier porta lui-même mon message à la duchesse, qui répondit verbalement qu'elle serait chez elle toute la soirée. Nous y allâmes de bonne heure. Elle jouait au quadrille avec deux dames, et un vieux seigneur tout chamarré d'or et de cordons. Un évêque était debout à côté d'elle ; une autre dame faisait des nœuds auprès de la cheminée. Quoique le valet nous eût annoncés, en commençant par le titre du vicomte d'Albrégon, comme je le lui avais prescrit, Guichard m'ayant contraint à passer le premier, je m'avançai assez lentement vers la table de jeu.

Mme. de C. jetait sa carte : Des siéges, dit-elle au valet, sans la perdre de vue. Le coup était décisif, et en sa faveur ; elle fit un petit cri de joie. Pardon, M. le vicomte, reprit-elle, en levant les yeux sur moi ; je me serais fait gronder par M. le commandeur..... Ah ! c'est

M. l'abbé d'Ambleville, continua-t-elle, en reconnaissant son erreur. Je suis charmée... Ma mère me parle beaucoup de vous dans ses lettres, monsieur... Beaucoup aussi de M. d'Albrégon, poursuivit-elle, en répondant par de légères inclinations de tête aux profondes révérences de Guichard. Commandeur, je vous présente un de nos vainqueurs de Fontenoy; Monsieur y a fait merveille à côté de mon neveu.

Je m'étais assis, décontenancé, tremblant comme un criminel.. Cette grande dame, monsieur, cette belle et altière duchesse, c'était l'Adélaïde de la guinguette! Je baissai les yeux, craignant, si je les levais sur elle, de voir la pauvre femme pâlir, malgré son pied de rouge, se troubler, mourir de confusion à mon aspect, ou tout au moins tomber en défaillance.

Grâce à Dieu, me disais-je, elle ne m'a pas reconnu sous ce costume d'abbé; et pour me confirmer dans cette sotte idée, tandis que le commandeur échangeait quelques mots avec Guichard sur la bataille de Fontenoy, et que les dames faisaient le compte du coup perdu, et donnaient des cartes, la duchesse m'adressa de nouveau la parole, d'une voix pleine, assurée, qui ne trahissait pas la moindre émotion : « Madame Leprêtre est-elle tout-à-fait remise de son indisposition ? me demanda-t-elle. »

Je répondis, ou plutôt je balbutiai je ne sais quoi...

— Une excellente personne, reprit-elle, et que ma mère aime de tout son cœur. Vous la connaissez, monsieur? dit-elle à l'évêque.

— Beaucoup, répondit-il, et je l'estime fort. Mais c'est du trèfle qu'on vous demande, madame.

— Oh! vous avez raison, en voilà.

— C'est qu'il faudrait être à son jeu, observa le commandeur d'un ton chagrin. »

Le silence se rétablit. Je me hasardai à regarder madame de C.... Sa figure était calme; mais sa main tremblait. Je rebaissai bien vite les yeux. Le coup fini, elle me parla encore : « Vous êtes depuis plus de deux mois à Paris, à ce que me mande madame la maréchale; vous avez vu toutes ces belles fêtes?

— Je n'ai rien vu du tout, madame, répondis-je, absolument rien. »

Des visites survinrent : c'étaient des hommes. Elle leur dit quelques mots insignifians; et le quadrille reprit son train silencieux. Bientôt on annonça la princesse de Craon. Madame de C..., s'adressant à la dame qui faisait des nœuds : « Mademoiselle de Saint-Try, dit-elle, venez prendre mon jeu, je vous prie. »

La duchesse, se dirigeant vers la cheminée pour aller y occuper sa place de maîtresse de maison, et y tenir son cercle qui commençait à se former, rencontra la demoiselle à moitié chemin, et lui parla un moment en passant. Je reconnus alors sa compagne de la petite maison, l'Éléonore de Guichard, et ma confusion redoubla. « Plus de Fontenoy, monsieur, dit tout bas le commandeur au vicomte; vous savez que le colonel du régiment de Hainault, qui a été tué au premier feu des Anglais, était fils de la princesse. »

Mademoiselle de Saint-Try s'asseyait à la table de jeu. « Oh! oui, monsieur, dit-elle bas aussi à Guichard, après s'être mis un doigt sur la bouche; madame la duchesse vient de me charger de vous en prier. »

Elle le regardait, elle lui parlait d'un air gracieux et poli, sans le moindre embarras. Mais le moyen de se figurer pourtant qu'elle ne le reconnaissait pas! J'étais pétrifié d'étonnement. Guichard s'efforçait de maîtriser sa vive agitation : son œil était en feu, son maintien mal assuré. « Les prières de madame la duchesse sont des ordres sacrés pour moi, mademoiselle, répondit-il en s'inclinant; mais il n'en était pas besoin, je vous assure. »

Elle donnait les cartes avec aisance; sa main ne tremblait pas, à elle : « La modestie sied bien aux victorieux, répliqua-t-elle en souriant. Il est fort naturel, sans doute, d'aimer à parler de ses triomphes, mais beaucoup mieux de savoir les taire. »

Le commandeur, impatienté, l'interrompit, en lui demandant d'un ton bourru si l'on jouait ou si l'on ne jouait pas. Elle fit semblant de s'effrayer de sa gronderie, et supplia l'évêque de se charger du jeu de la duchesse; ce que le prélat accepta de bonne grâce, à la grande satisfaction du commandeur. Mademoiselle de Saint-Try, m'interpellant alors, me questionna sur la santé de madame Leprêtre. Elle était restée debout: je me levai pour lui répondre. Elle s'éloigna un peu des joueurs, en continuant de m'entretenir assez haut du même sujet; puis, tout à coup baissant la voix, elle me dit très-vite : « A onze heures précises, dans un fiacre, sur le boulevard, au coin de la rue d'Antin. Seul, tout seul, entendez-vous bien?

Reprenant alors le ton élevé dont elle me parlait précédemment, elle ajouta : « Madame la duchesse lui est très-attachée ; elle me l'assurait encore ce matin dans les termes les plus tendres : dites-le-lui bien, monsieur, je vous en prie.

— Vos ordres seront fidèlement exécutés, mademoiselle, murmurai-je.

— Tout seul, tout seul, me redit-elle bien bas. A présent, retirez-vous le plus tôt possible avec votre ami. »

Mademoiselle de Saint-Try se rapprochant ensuite d'un groupe où l'on causait de choses indifférentes, prit part à cette conversation d'un air léger, et ne fit plus nulle attention à moi ni à Guichard. La duchesse ne regardait même pas de notre côté. A quelques momens de là, une nouvelle visite ayant causé un peu de mouvement dans le salon, nous en profitâmes pour disparaître sans qu'on le remarquât.

—

XVI

La grande Dame.

—

Mademoiselle de Saint-Try ne m'avait pas prescrit le silence envers Guichard, au sujet de mon rendez-vous; mais cette recommandation d'y venir seul, tout seul, me semblait assez claire. Évidemment le temps lui avait manqué, pour m'expliquer toute sa pensée ; mais je la compris ; je me bornai donc à dire à Guichard que son Éléonore m'avait, en peu de mots, fort effrayé sur les dangers d'une indiscrétion, et promis des nouvelles.

« Dangers pour elles seules, s'écria-t-il tout joyeux. Elles sont à nous : ainsi, ma fortune est faite, et vous voilà libre de vous choisir un état. Victoire, victoire complète ! Ne sait-elle pas bien, cette duchesse, qu'un mot de vous peut compromettre sa réputation ? Réputation immaculée, sur laquelle est fondé l'immense crédit dont elle tire de si fructueux avantages pour elle et les siens à la cour de notre dévote reine. La disgrâce de la reine!... Pensez donc à cela d'Ambleville. Quelle flétrissure pour une prude de cour, en guerre ouverte avec madame de Pompadour, et qui vit tout entière sur cette belle renommée de vertu sans tache! Oh! non, non, madame de C..., ne voudra pas jouer si gros jeu. La partie est à nous, mon ami; nous allons voir venir la duchesse, et nous régler là-dessus. Ne craignez rien de ses menaces, c'est à elle, vous dis-je, de trembler et d'obéir.

Tranquillisé par ce raisonnement, je me préparai avec moins de trouble à ce rendez-vous; bien résolu à tirer en effet parti de tous mes avantages, afin d'obtenir pour moi une utile protection contre mes oppresseurs; pour Guichard, un bel et bon emploi. Je l'avais reconduit chez lui, où nous passâmes de longues heures à causer de notre aventure, si singulière, si romanesque. Nous bâtissions là-dessus des châteaux à perte de vue; nous ne nous lassions pas de rêver. Je prolongeai à dessein la soirée, en faisant apporter un souper fin et d'excellent vin; car les fonds ne nous manquaient pas: Duvivier m'ayant payé les quinze louis de ma pension, je les avais partagés avec mon ami, dont je connaissais les embarras.

Le temps s'écoula donc vite et gaîment jusqu'à dix heures et demie. Je demandai alors un fiacre, et allai prendre mon poste à l'endroit fixé pour le rendez-vous. Un peu après mon arrivée, je vis s'avancer un homme de petite taille, en manteau; il ouvrit la portière, et, me voyant seul, il me pria poliment de le suivre : c'était le vieillard de la petite maison. Je n'hésitai pas à descendre, et je recommandai au cocher de m'attendre là. « C'est inutile, dit le vieillard, en le payant. Le fiacre s'éloigna. A vingt pas de ce lieu, nous trouvâmes une autre voiture, dans laquelle il me fit monter. Une dame y était : l'obscurité me voilait ses traits. Je me plaçai à côté d'elle; la voiture s'achemina lentement le long du boulevart.

« Je suis Adélaïde, me dit froidement la duchesse, dont je reconnus aussitôt la voix; Adélaïde, femme d'un avocat duquel vous ne savez pas même le nom. Je suis cela, et pas autre chose. Si j'étais une grande dame; s'il m'avait convenu de me compromettre avec un homme, quel qu'il fût, assez audacieux pour entreprendre de tirer parti, contre moi, d'une faiblesse, cet homme aurait un nom, une existence, ou bien il n'en aurait pas. Dans l'un et dans l'autre cas, il ne se trouverait aucune trace du fait dont il voudrait se prévaloir: ni lettres, ni témoins; pas l'ombre même d'une preuve : ce ne serait donc plus qu'une calomnie. Le gentilhomme aurait à en répondre à tout ce que j'ai de parens et d'amis; menteur, et la joue honteusement stygmatisée d'un soufflet, s'il ne payait de sa vie une si lâche agression, il se verrait banni de la cour, et chassé de la bonne compagnie. L'homme de rien, méprisable imposteur, irait, sans bruit, expier son imprudence dans un cachot, d'où il ne sortirait plus. A présent, monsieur, choisissez entre la vengeance inévitable de la grande dame outragée, ou le tendre attachement de cette Adélaïde, à laquelle vous avez juré tant d'amour, et qui ne demande qu'à vous aimer aussi.

— Madame, répondis-je avec fermeté, je ne trouve ma place ni dans l'une ni dans l'autre des catégories que vous venez d'établir : je ne suis point gentilhomme, encore moins un homme de rien. Du reste, incapable d'une action basse et déshonorante, jamais je ne trahirai le secret d'une femme, princesse ou bourgeoise. Je n'ai donc point à choisir l'un ou l'autre des deux partis extrêmes que vous me proposez; je ne veux ni braver cette haine terrible, ni me jouer à cet amour qui menace en caressant. Ainsi, madame, indifférence et oubli, voilà ce que je vous offre, moi; voilà ce que je vous demande aussi. Quant à votre mépris, je le repousse avec indignation; je ne l'ai pas mérité.

— Si je vous méprisais, reprit-elle vivement, en me pressant la main, serais-je ici?... Ne parlons plus de haine: je supposais un outrage mortel à mon honneur ; vous en êtes incapable, dites-vous ; je vous crois, j'ai besoin de vous croire. Quant à mon amour, s'il s'inquiète, s'il menace, s'il trouble ma raison, en peut-il être autrement, dans ma situation étrange, inouïe?... J'ai peine à me persuader qu'elle est réelle, et que je ne rêve pas... Qui sait si vous-même ne vous croyez pas en droit de mépriser?....

— Oh ! madame, m'écriai-je, avez-vous pu le penser ?

— Pourquoi non, répliqua-t-elle, vous ne me connaissez pas. Vous ignorez que jusqu'au jour fatal où je vous vis pour la première fois, j'avais vécu pure de toute faute, en paix avec mon cœur, ne connaissant que de nom cette cruelle passion qui maintenant le tyrannise et le consume. On ne vous a pas dit dans quel renom d'honneur et de vertu je vis à la cour parmi tant de femmes dépravées... Que dis-je, à la cour! Elles abondent autour de moi, dans ma société intime, j'en avais même une dans ma maison, la plus dissolue de toutes peut-être, et je l'ignorais! Cette affreuse Saint-Try m'a perdue. Entrée chez moi en qualité de demoiselle de compagnie, à l'époque de mon veuvage, il y a trois ans, je la croyais sage. Elle avait un amant; je n'en soupçonnais rien, leur rendez-vous ayant toujours lieu à cette petite maison qu'il avait fait construire et disposer exprès à la Chaussée-d'Antin. Elle craignait avec raison un châtiment exemplaire, si je venais à découvrir son inconduite. L'indigne fille forma le dessein de m'associer à sa honte pour s'assurer l'impunité. Vous dire comment ce démon tentateur parvint à jeter dans mon sein les premiers germes de la corruption, ce serait un long et inutile détail. Toutefois je résistais, et fuyais avec une sorte d'horreur toutes les occasions de succomber. Elle redoubla d'efforts.

Un jour, l'été dernier, n'étant point de service auprès de la reine, j'étais venue à Paris pour quelques affaires, avec mademoiselle de Saint-Try : nous traversâmes le jardin du Palais-Royal. Elle vit mes regards arrêtés sur un jeune homme, dont la douce et charmante figure, empreinte d'une tendre mélancolie, les avait attirés d'abord. C'était vous. Votre ami parlait avec vivacité à des femmes assez communes, assises dans la grande allée. Debout près de lui, vous ne les regardiez pas ; vous songiez. Attentive à toutes mes impressions qu'elle épiait, pour s'en servir contre moi, mademoiselle de Saint-Try me proposa un second tour dans cette allée, ce que je ne fais jamais : on passe là, on ne s'y promène pas. J'acceptai pourtant sur-le-champ; elle le remarqua : mais vous vous éloignâtes alors. Elle avait vu la joie éclater dans mes yeux ; elle y lut un regret douloureux ; elle sut avant moi le secret de mon cœur.

De ce moment, tout devint pour elle occasion de me parler de la beauté romanesque du charmant iuconnu : c'est ainsi qu'elle vous désignait. Grâces à son adresse, vous ne cessâtes plus d'être présent à ma pensée ; à Versailles, où nous retournâmes, à mon château de C.., partout votre image me suivait, embellie des couleurs dont se plaisait à la parer encore l'imagination de ma séductrice. Quelques semaines après, sous le prétexte du retour du roi, elle me persuada que ma présence était indispensable à la cour, où je n'avais point affaire. Mais il fallait passer par Paris ; je consentis à ce voyage. Nous allâmes au Palais-Royal où je ne vous vis pas.

On donnait le soir une nouveauté aux Italiens; elle pensa que vous y seriez. Elle avait la loge de son amant; elle m'assura que c'était celle de l'une de ses parentes, et qu'on ne nous y verrait pas : je me laissai conduire. Justement vous étiez au balcon, sur le théâtre. Mademoiselle de Saint-Try faillit me compromettre par son affectation à vous lorgner; c'était évidemment sa perfide intention. Ses discours durant cette soirée, où vous étiez là constamment sous mes yeux, achevèrent de troubler mon esprit et mon cœur.

Le lendemain j'allai à Versailles. Avant de partir mad[elle] de Saint-Try avait chargé Dubois, le vieux gardien de sa petite maison, de découvrir vos traces. Il ne savait encore rien, le jour suivant à mon retour; mais vers le soir, il nous rapporta qu'il venait de vous voir en carrosse sur le boulevard, et qu'il avait entendu votre ami donner l'ordre au cocher d'aller à la Courtille. Aussitôt l'imagination de mademoiselle de Saint-Try s'alluma; elle avait joué l'hiver précédent des scènes grivoises, entre deux paravents, avec quelques folles comme elle. Les habits étaient restés dans sa chambre; elle me proposa de nous en revêtir...

Maintenant du moins, dit la duchesse en s'interrompant, vous le savez déjà, ce n'est pas le hasard qui vous a livré une femme déhontée, courant les aventures, et choisissant par caprice un amant dans la foule. Horrible, insupportable idée, supplice de tous mes instans depuis ce jour fatal! C'est elle, c'est le besoin de me laver de ces odieux reproches, qui m'a contrainte à fuir, la nuit, de ma maison, à venir vous chercher ici, au risque d'achever de me perdre. Mais moi aussi, je repousse votre mépris avec indignation, et je sens que je ne le mérite point. Non, non, je ne fus que faible et malheureuse. Sous le charme d'un irrésistible enchantement, séduite par les paroles magiques, enivrantes de cette fille acharnée à ma perte, je ne voulais encore, en allant à cette guinguette que vous revoir, vous parler, inconnue; peut-être vous inspirer de l'amour, mais voilà tout. Non, ma pitoyable démence n'était pas allée plus loin. Et certes, tout effrontée qu'elle est, l'affreuse Saint-Try se serait bien gardée d'offrir à ma pensée l'image, même affaiblie, du dénouement de cette aventure, tel que sa perversité l'avait combiné d'avance, avec un art infernal.

Elle me proposa donc, pour échapper aux discours de mes gens, d'aller nous déguiser dans un lieu sûr et secret; et, pour la première fois, j'entendis parler de cette petite maison: C'est, me dit-elle, l'habitation de la parente qui m'a prêté sa loge; elle est à la campagne, et j'en puis disposer librement. Quand nous y fûmes : Ah! s'écria-t-elle, qu'il serait amusant d'enflammer le charmant inconnu sous le nom d'une obscure bourgeoise, de l'amener souper dans ce lieu si retiré, si mystérieux! Combien nous nous divertirions de son ton provincial et commun! car, sans aucun doute, ce n'est qu'un étudiant fraîchement débarqué, qui ne sait pas un mot du monde. Et puis, quand il se croirait sûr de la victoire, ne serait-il pas bien plaisant de l'effrayer tout à coup du retour imprévu de nos prétendus maris, et de le faire partir en toute hâte par une porte secrète?

Ici, monsieur, la duchesse fondît en larmes : « Faut-il donc ajouter, dit-elle, que déjà mon trop faible cœur était de moitié dans la séduction. Ah! ce n'est pas cette fille toute seule qui m'a perdue!

Madame de C... était tombée dans mes bras; elle tressaillait convulsivement : je craignis une crise nerveuse. Tout ce que la compassion peut inspirer de paroles tendres et consolantes, je les lui prodiguai, en la conjurant de se calmer, en l'assurant que sa séductrice était seule digne de mépris; que pour elle, je l'estimais. — Oui, repritelle, oui, je suis digne de ton estime autant que de ton amour. Pardonne, ah! pardonne à ce langage insultant et fier qui t'a blessé, et que mon cœur désavouait : c'est à moi de m'humilier devant toi! Insensée que j'étais!... te menacer, toi, l'arbitre de ma destinée; toi qui, d'un mot, peut disposer de mes jours! Et ce n'est plus le déshonneur que je crains, c'est ton abandon; il me tuerait. »

Les larmes de la duchesse recommencèrent, et mes consolations aussi. Elles devenaient ardentes: « Arrêtez, me dit-elle, je ne fus que trop faible; protégez-moi maintenant contre moi-même. Je n'aspire qu'à la tendre union de nos âmes si bien faites l'une pour l'autre. Tout ce que l'amour d'une femme peut répandre de bonheur sur ta jeunesse, ô mon ami, je te le prodiguerai; les richesses, les honneurs, les veux-tu? Parle, il suffit d'un mot.

Forme des souhaits, demande jusqu'à l'impossible, et tu seras satisfait, ou bien je mourrai à la peine.

— C'est trop, répondis-je en l'étreignant sur mon sein : non, je n'ambitionne ni l'or, ni les grandeurs de la terre; je n'accepte que votre amour, je ne veux lui devoir que l'indépendance. On m'opprime; cet odieux habit dont ils m'ont affublé; cet état que je déteste...

— Tu as des peines aussi, s'écria-t-elle. Eh bien ! tu les verseras dans mon cœur : ne crains plus rien de tes oppresseurs, cher ami; c'est à moi de veiller sur toi; je serai ton ange tutélaire, ta providence. Tu seras heureux, tu le seras par moi; est-il un sort plus fortuné que le mien? Mais, cette nuit, mes momens sont comptés, il faut que je rentre; il faut aussi que tu retournes chez toi pour n'éveiller aucun soupçon. Demain, à cinq heures du soir, sois à te promener, seul, à l'extrémité de la Chaussée-d'Antin. Tu suivras de loin le vieux Dubois, dès que tu l'auras aperçu à quelque distance. »

Elle tira un cordon, la voiture s'arrêta, et Dubois vint prendre les ordres : « Au coin de la rue Montorgueil, dit-elle; et grand train. »

Madame Leprêtre demeurait près de cette rue. La voiture partit comme un trait. « Nous avons encore à parler de votre ami, reprit la duchesse. Bien que ce soir, son langage ait été convenable, mademoiselle de Saint-Try n'a été contente ni du maintien ni du regard qu'il n'a pas su maîtriser. Et, l'autre soir, à cette petite maison, j'ai pu juger qu'il est loin d'avoir été, comme vous, élevé à l'école de la bonne compagnie. C'est à lui seul que je pensais tout à l'heure, en menaçant, dans la crainte d'une indiscrétion.

—Madame, interrompis-je avec chaleur, s'il avait cette audace, croyez que je n'attendrais pas que la main de vos nobles parens le flétrît et le tuât. C'est moi qui le démentirais hautement, et laverais votre outrage de son sang ou du mien.

— Si jeune et déjà si brave! dit la

duchesse ravie. Ah ! que je t'aime, mon loyal et digne chevalier !

— Mais rien n'est à craindre, repris-je ; le vicomte d'Albrégon a besoin de votre crédit ; il n'espère qu'en vous ; et je vous réponds de lui.

— A merveille, repartit-elle ; assurez-le qu'il sera satisfait.

La voiture s'arrêta de nouveau. Je baisai la main de la duchesse qui pressait tendrement la mienne ; et je la quittai enivré de joie. Ainsi, monsieur, se trouva nouée cette intrigue bizarre. Déjà je n'étais plus excusable. Le vice s'offrait à moi, attrayant, plein de charmes, mais non pas irrésistible. A peine déguisé, je le reconnaissais bien: il mentait, je le voyais ; mais l'erreur me plaisait. J'aurais dû fuir, le repousser : je l'étreignis, je l'aimai, je pactisai avec lui. Vous verrez quels fruits amers je recueillis de cette alliance.

XVII

Encore la petite Maison.

—

Il faut maintenant que je vous ramène à cette petite maison de la Chaussée-d'Antin, où sans doute vous ne m'avez suivi, la première fois, que la rougeur au front; car, je vous l'avais dit, cette Adélaide qui m'y entraînait, était une femme hardie, au langage lascif, au regard effronté. Mais ne craignez pas, monsieur, c'est maintenant la duchesse de C...., tendre et pudique amante, encore surprise et toute froissée d'une chute imprévue, incompréhensible, l'unique faute de sa vie, jusqu'alors irréprochable et pure. Ne l'avez-vous pas vue, gémissante, implorer mon secours contre sa propre faiblesse; s'en prendre à la destinée, rejeter tout le mal sur une infâme séductrice, autre OEnone de cette Phèdre nouvelle? Puis l'amour avait fait le reste. Et quel amour! Une passion irrésistible, foudroyante, telle enfin que seul au monde je pouvais l'inspirer. Mon jeune amour-propre avait dévoré ces flatteuses amorces : un plus habile, je crois, y aurait été pris de même.

A cinq heures donc, guidé par Dubois, j'entrai dans la petite maison par la même porte que m'avait ouverte mademoiselle de Saint-Try. La nuit était sombre et froide. Il me conduisit à une chambre élégante et parfumée, d'une douce température, éclairée de nombreuses bougies. J'y vis une toilette dressée : à l'entour étaient étalés plusieurs assortimens complets d'habits de cour, d'une magnificence achevée : Madame ne viendra que dans une heure, me dit Dubois ; vous avez tout le temps de vous ajuster. Après le bain, que vous trouverez préparé dans ce cabinet, si vous voulez vous mettre au lit un instant, vous sonnerez, et je viendrai faire auprès de vous, mon service de valet-de-chambre.

Épris de toutes les jouissances du luxe, je m'abandonnai voluptueusement aux délices de cette féerie. En sortant du bain, Dubois me coiffa en merveilleux : mon rond d'abbé disparut, emprisonné dans une bourse élégante. Il me donna du linge orné de riches dentelles, et dont la finesse me rappela le *ventus textilis* de Pétrone. Tout cela exhalait de divines senteurs. Ensuite je choisis un habit de velours rose brodé d'or, avec des boutons en pierreries; le reste à l'avenant. Dubois me ceignit une épée dont la poignée de vermeil était d'un travail exquis. Puis, m'ayant donné des gants et un chapeau à gance de diamans, il ouvrit une porte, et annonça M. le chevalier d'Ambleville. La duchesse était seule dans le salon resplendissant de lumière. Éblouissante elle-même de parure et de beauté, elle se leva, me salua gracieusement. Dubois approcha un fauteuil, et se retira.

— Attendez-vous du monde? demandais-je un peu déconcerté.

— N'êtes-vous pas pour moi le monde entier, répondit-elle avec un sourire enchanteur. Asseyez-vous; causons un peu : nous aurons ici toute liberté de parler de vous, de vos chagrins. Que ce soit aujourd'hui notre seul entretien ; ou plutôt occupons-nous uniquement des moyens d'en effacer jusqu'à la moindre trace. Voyons, ouvrez votre cœur sans réserve à votre meilleure amie.

Je n'étais préparé qu'aux caresses irritantes d'Adélaïde, aux airs protecteurs de la duchesse, ou bien aux remords étudiés de l'ange tombé, qui brûle de faillir une autre fois. Mais non : après trois épreuves déjà si différentes entre elles, madame de C... s'offrait encore à moi sous un aspect tout nouveau. Je n'admirai pas alors l'art prodigieux de cette femme ; j'en subis l'influence sans réflexion. Ce mélange inattendu de tendresse et de bonté, me charma. Elle n'affectait ni de m'élever jusqu'à elle, ni de s'abaisser jusqu'à moi; et pourtant l'intervalle était comblé, la distance avait disparu : ma maîtresse, noble, belle, gracieuse, mon égale, m'invitait à la confiance et me l'inspirait.

Vous pensez bien que je n'eus garde de parler d'Honorine; à cela près, je lui dis toutes mes peines : l'avarice et la dureté de mon père, l'indifférence de ma mère, la basse envie de Léon, son sot orgueil, l'entêtement de madame Leprêtre et de son ami, M. de Senlis, avec leur idée fixe de me faire entrer dans les ordres, malgré ma répugnance. Madame de C.. entra vivement dans ces chagrins, et me donna l'assurance formelle de pourvoir à tout ; elle alla jusqu'à me promettre de faire agir, si l'on nous réduisait à cette extrémité, le pouvoir de la reine elle-même pour me faire un sort indépendant, et tel que je pouvais le désirer.

En attendant, nous convînmes que je la laisserais méditer à loisir les moyens d'atteindre à ce but sans laisser même soupçonner son intervention ; car il lui importait surtout de ne pas trahir le secret de notre liaison.

Par le même motif, elle ne voulait pas non plus se montrer à découvert en faveur de mon ami le vicomte d'Albrégon. « Il n'en ira que mieux pour lui, ajouta-t-elle : j'ai écrit à madame la maréchale de le recommander directement au marquis d'Argenson, ministre des affaires étrangères, son ami intime, en lui désignant une place que je sais être vacante. Je ferai dire au marquis un mot, à propos, par la reine, et votre ami sera employé sur-le-champ à Hambourg. »

La duchesse tomba de son haut quand je lui dis que Guichard préférait un emploi de finance. « Je ne vous le cache pas, répondit-elle, les manières de ce jeune homme m'avaient déjà mise en doute de la naissance dont il se vante ; la bassesse de ses inclinations me confirme dans l'opinion qu'il n'est en effet qu'un aventurier, courageux, sans doute, puisque mon neveu l'a écrit et signé, mais, à cela près, peu digne de l'intérêt que vous prenez à lui. »

J'avouai que Guichard n'avait en effet aucun titre à produire pour justifier de son antique noblesse. « Cependant, ajoutai-je, je ne la mets pas en doute; car il est honnête homme, et je ne puis croire qu'il ait voulu me tromper.

—La chose n'est pourtant pas tout-à-fait impossible, répondit-elle, en souriant malignement. Le jour qu'il est venu chez moi, il y avait là trois ou quatre personnes, entre autres, le vieux commandeur et la princesse de Craon, qui savent sur le bout du doigt leur France depuis dix siècles : ils m'ont soutenu que le titre de vicomte d'Albrégon n'avait jamais existé, et qu'on ne trouve même de trace de ce nom que dans la chronique de Froissart. Ils ont failli mourir de rire quand je leur ai dit que madame la maréchale, ma mère, m'adressait de Picardie, ce jeune homme, sur le pied d'héritier de cette famille éteinte... Faites entendre à votre ami que, s'il n'est pas bien sûr d'être gentilhomme et vicomte, il s'exposerait, en reparaissant à l'hôtel de C..., à rencontrer de ces gens qui l'abîmeraient sous le poids d'un ridicule dont il ne se releverait jamais; il se pourrait même que la police s'en mêlât, ce qui serait affreux. Au lieu de cela, produit à l'étranger dans le monde diplomatique, sous le patronage de madame la maréchale, il peut, par ses talens, se créer une fort belle existence que personne ne songera jamais à lui contester.

Evidemment madame de C... voulait, à tout prix, éloigner de Paris ce jeune homme, maître de son secret. Moi-même, me rappelant la légèreté de ses discours, et les menaces de la duchesse, je tremblais pour lui, des dangers auxquels pouvait l'exposer une indiscrétion trop probable. Du reste, le poste qu'on lui offrait, était honorable et lucratif. Je ne trouvai donc rien à objecter au raisonnement de madame de C... « Au surplus, ajouta-t-elle, vous m'avez dit qu'il est pauvre : évitons que le besoin ne le jette dans l'inconduite. C'est à vous d'y pourvoir généreusement. L'or ne vous manquera pas ; je veux...

— Arrêtez, madame! dis-je avec force; c'est le seul point sur lequel je suis forcé de reconnaître l'impuissance de votre volonté.

En même temps je tirai de mon gousset une lourde bourse que je venais d'y découvrir, et que Dubois y avait mise avant de m'habiller; je la plaçai sur la cheminée. « Non, madame, poursuivis-je, vous voudriez en vain aimer encore un jeune homme tombé dans l'abjection ; et votre amour m'est trop cher pour le perdre volontairement. Brisons là-dessus, je vous en supplie. Insister est inutile ; car il me serait moins cruel encore de cesser de vous voir, que d'accepter cette humiliation; et je n'hésiterais pas.

Je venais, sans le savoir, et par un mouvement naturel, de déconcerter le plan favori de madame de C..... En effet, que la source de ses sentimens pour moi fût dans le cœur ou dans délire des sens, ils exerçaient déjà sur elle un empire absolu; il fallait que ma jeunesse lui appartînt. Elle le voulait avec une invincible énergie, que les obstacles devaient plus tard exalter jusqu'à la fureur. L'altière et opulente duchesse n'avait d'abord rien imaginé de plus simple et de plus sûr à la fois, que de me jeter une chaîne d'or et de m'y enlacer. La fierté du pauvre et obscur adolescent la contraria vivement; mais, habile à se déguiser, et fertile en expédiens, elle se garda bien de se montrer découragée par cet échec. Ma vanité lui restait, et le besoin que j'avais de sa puissance.

— Bien! s'écria-t-elle, transportée d'enthousiasme; vous avez l'âme plus noble encore que je ne l'avais jugée. Il n'est rien de si haut où mon amour ne puisse aspirer pour vous, cher Alexis, et je suis assurée maintenant de vous y élever.

Elle continua de parler de mon désintéressement, de louer ma délicatesse avec une chaleur passionnée, sans exagération, d'un air vrai, pénétré; elle paraissait touchée jusqu'aux larmes; sa voix était caressante : l'attendrissement me gagna et... Cette vive émotion nous conduisit bien loin.

Vers neuf heures, la duchesse devait paraître un instant à sa loge de l'Opéra; puis aller souper chez la princesse de Craon. Elle me quitta, non sans de brûlans témoignages de regrets, et après être convenue avec moi d'un nouveau rendez-vous dans le même lieu, avec le même mystère.

Cette seconde fois, madame de C... me remit un billet de M. d'Argenson, en réponse à une lettre de la maréchale, cousine et intime amie de ce ministre. Il accordait au vicomte d'Albrégon la place demandée, et lui recommandait de venir sur-le-champ prendre ses ordres, afin de partir sans délai pour Hambourg. Madame la maréchale écrivait aussi à Guichard; elle lui promettait de veiller à son avancement, et de le faire bientôt rappeler à Paris avec un emploi considérable. En attendant, elle le priait d'accepter, à titre de prêt, pour les frais de son voyage, un bon de cent louis sur le banquier de la cour.

Le nom de la duchesse ne se trouvait nulle part dans cette correspondance; la maréchale avait tout fait, et semblait m'avoir adressé directement le paquet. J'avais préparé l'esprit de Guichard à recevoir avec reconnaissance cette première faveur de la cour, gage assuré de beaucoup d'autres bien plus avantageuses : les cent louis achevèrent de le déterminer à partir. Il s'y résolut même avec joie, sans autre regret que celui de me quitter, car il m'aimait véritablement. Ses fautes, ses vices même, et le mal qu'ils m'ont fait, ne m'empêchent pas de rendre justice à la bonté de son cœur. Pauvre Guichard !

—

XVIII

Plan de Vie.

—

Mais revenons à notre récit. Mon avenir, à moi, madame de C... le voulait si brillant, si complet, que nul de mes projets ne lui pouvait agréer. Le défaut de naissance, disait-elle, m'arrêterait dès les premiers pas dans la carrière des armes, où je ne pourrais m'élever au grade de capitaine, même dans l'infanterie, si ce n'est comme officier de fortune, et par l'ancienneté, c'est-à-dire à cinquante ans. Avocat, c'était me reléguer dans un monde subalterne; moi, fait pour aller à tout! Médecin, pis encore. Le commerce, fi donc! Les fermes-générales, il fallait commencer avec des millions, ou ne s'en point mêler. Littérateur, savant, à la bonne heure, si je me sentais capable de me placer au premier rang.

Nous arrêtames enfin que je choisirais entre la diplomatie ou une grande charge de judicature, dont la finance obligée serait l'objet d'un emprunt que la duchesse pourrait me faciliter, et que paierait un jour mon riche héritage paternel. Mais elle me fit convenir que pour ces dernières destinations, il fallait me perfectionner dans les différentes branches de connaissances, objet de mes premières études, et en acquérir d'autres plus spéciales pour l'objet proposé. De toutes manières, je devais donc, au moins pendant une longue année, me livrer à une vie de retraite et de travaux, dont l'unique délassement serait la fréquentation bien secrète de la petite maison.

Ce plan convenait bien mieux encore à la duchesse que le premier. Si j'eusse accepté son or, j'aurais vécu dans la dissipation, au milieu des plaisirs, parmi d'autres femmes; elle eût été sans cesse agitée de la crainte de me perdre, ou seulement de ne plus me posséder tout entier. Ses sens étaient jaloux. Tout fut donc réglé comme elle le voulait. Je pris des maîtres avec lesquels je me livrais sans relâche au travail tout le jour, ne sortant de mon appartement que pour partager les repas de la famille Duvivier, mon unique société. Je recevais aussi l'abbé Simon, pauvre hère de savant, qui m'apprenait l'histoire et les mathématiques transcendantes; et recevait en retour quelques louis, à charge de vanter mes progrès dans la théologie, dont nous ne disions pas un mot.

De temps en temps, et toujours trop rarement à mon gré, après avoir reçu un billet, non signé, de la main de Dubois, je m'échappais la nuit en grand secret. Le portier, généreusement payé, favorisait ma fuite et ma rentrée non moins furtive. A quelque distance une voiture m'attendait et me conduisait à une maison voisine de celle de Dubois. On communiquait de l'une à l'autre par les jardins.

Toujours je commençais par me parer avec goût et magnificence ; et je trouvais ensuite au salon madame de C.... en grande toilette aussi. Voluptueuse avec art, ménagère de son bonheur, elle procédait à l'enivrement du plaisir avec une sage lenteur, et le savourait goutte à goutte. Ce n'était d'abord qu'un accueil affectueux et poli, un salut plein de grâce, une main baisée. L'intimité succédait par degrés. Elle me contait les anecdotes de la cour et de la ville, les nouvelles les plus fraîches. Son pinceau, fidèle et spirituellement satirique, me traçait les portraits de tous les personnages célèbres de l'époque; je les voyais, je les entendais parler. Elle abondait en récits plaisans, tragiques, où tous les rangs de la société m'apparaissaient dans leur costume: rien n'était d'un intérêt plus varié, plus attachant

Il y avait un clavecin ; madame de C.... jouait avec goût les airs ravissans du ballet des fêtes de Polymnie, et des opéras les plus nouveaux de notre grand Rameau, Castor et Pollux, Dardanus; nous chantions ensemble les cantates de Mondonville ; et le duo de Zélindor, cette langoureuse et molle poésie de Moncrif, à laquelle Rebel et Francœur ont prêté des accens si passionnés. Le temps volait. Nous soupions tête-à-tête parmi les parfums, les fleurs, les doux propos d'amour. La sensualité présidait à ces repas exquis; la gaîté les animait; et quand toutes ces séductions avaient achevé d'embraser mes sens, elle fuyait craintive, éperdue.... Mais un regard m'encourageait à la suivre.

Ce fut ainsi que, se donnant et se reprenant tour à tour, pour se livrer encore, toujours nouvelle et toujours désirée, l'enchanteresse prolongea pour moi l'illusion de cette magie des premières faveurs ; elle sut, à force d'art, prévenir, durant tout un long hiver, la satiété d'une jouissance où le cœur n'avait point de part. Je me croyais pourtant sincèrement amoureux, et pour la vie, comme on dit à cet âge. L'ivresse de mes sens m'étourdissait à tel point, que je ne prenais nul soin de ce qui se passait à Saint-Méry.

—

XVIII

Une lettre d'Honorine.

—

Cependant je savais que madame Leprêtre continuait à languir. On m'avait caché que sa vie eût été en danger. On me le dit seulement au mois d'avril, en m'apprenant que les médecins répondaient enfin de ses jours. — Et pourquoi, demandai-je à Duvivier, m'avoir laissé ignorer qu'ils étaient menacés ? — Madame l'avait ordonné, répondit-il ; elle craignait que l'inquiétude ne vous engageât à quitter Paris, et que vos études n'en souffrissent.

Je vis bien que sa véritable crainte était que je ne revisse mademoiselle de Montarmé. Une foule de souvenirs assaillirent à la fois mon cœur ; mon sein se gonfla. — Le mariage de M. Léon ne s'achève donc pas? repris-je d'un air indifférent. — A présent, dit Duvivier, je crois qu'on va s'en occuper. Mademoiselle de Montarmé avait fait vœu de ne point se marier jusqu'au rétablissement de sa future grand-mère, qu'elle aime d'une tendresse vraiment filiale. C'est un ange que cette demoiselle-là, M. Alexis : figurez-vous que depuis près de six mois, elle n'a pas quitté le chevet de notre chère et respectable malade : elle la garde le jour, elle la veille durant les nuits. Ne pouvant être religieuse, ce qu'elle désire toujours avec ardeur, elle a voulu du moins se faire sœur de la Charité pour Madame, et en exerce réellement les fonctions auprès d'elle. On n'a pu l'en empêcher; rien n'est plus touchant. Quand Madame allait un peu mieux, mademoiselle de Montarmé n'en était pas moins là pour lui faire des lectures pieuses, ou bien écrire sous sa dictée. Toutes les lettres que je reçois sont de sa main.

— C'est singulier, observai-je avec un violent battement de cœur ; celles qui me sont adressées sont écrites par la femme de chambre.

— C'est que les miennes traitent d'affaires que l'on ne confie pas aux domestiques, repartit Duvivier. La fortune de Madame avait des embarras, par suite de la donation partielle faite à sa fille et à son petit-fils. Du reste, il n'y a pas à douter que ces lettres ne soient écrites par mademoiselle de Montarmé, puisqu'elle y a joint quelquefois des billets signés de son nom, pour me charger de diverses commissions. Tenez, ajouta-t-il, en voici plusieurs ; comparez : aussi bien Madame me recommande de vous communiquer celle de ce matin.

Je pris la lettre d'une main tremblante, et je lus ce passage écrit par Honorine, à la suite de la signature de madame Leprêtre :

« Je suis de plus en plus contente de
» ce que vous me mandez de l'excel-
» lente conduite d'Alexis. La vie re-
» tirée et studieuse qu'il a menée tout
» l'hiver m'est un sûr garant que je
» l'avais jugé trop sévèrement. Je re-
» connais maintenant qu'il faut attri-
» buer ses torts aux mouvemens in-
» considérés d'une jeunesse trop ar-
» dente. J'oublie tout; je l'aime plus
» que jamais. Il en aura tôt ou tard la

» preuve, s'il demeure fidèle aux sen-
» timens sur lesquels j'ai le droit de
» compter, et qui sont la plus douce,
» la seule consolation de ma vie. Fai-
» tes-lui lire cette partie de ma lettre,
» que vous en détacherez ensuite pour
» qu'il la garde. Mais ne m'en parlez
» ni l'un ni l'autre dans vos réponses,
» à cause de l'expression de *preuve*
» qui pourrait donner à penser ici.
» Alexis me comprendra bien. Qu'il
» m'assure seulement, dans sa pre-
» mière lettre, que son cœur n'a pas
» cessé de répondre au mien, et d'être
» digne de ma tendresse. Ce peu de
» mots suffira.»

— Oh! ce peu de mots, monsieur, quelle révolution subite il fit dans tout mon être! Je rougis, je pâlis; comme je tremblais en découpant la lettre! J'emportai le fragment; je m'enfermai pour le lire et le relire vingt fois. Je frémissais de découvrir que je m'étais trompé... Mais non, l'intention ne pouvait être douteuse : c'était bien Honorine qui me parlait; elle me rendait son amour, et comptait sur le mien! J'étais fou de joie; je délirais.

Et j'avais pu croire que j'aimais cette duchesse! Quelle différence, mon Dieu! de cette frénésie dont j'avais honte alors, avec ces doux et profonds ravissemens de mon âme, en pressant sur mes lèvres ce papier touché par Honorine, ces caractères tracés de sa main! Elle m'aimait encore, plus que jamais!

J'en devais recevoir la preuve tôt ou tard! Oui, je serai digne de cet amour si pur et si vrai! m'écriai-je. Je renonce à ta méprisable rivale. Tu régneras seule désormais, et jusqu'à mon dernier soupir, sur ce cœur tout à toi. »

Le soir, j'avais un rendez-vous à la petite maison; résolu de rompre avec la duchesse, je n'y allai pas. Le lendemain, je m'attendais à recevoir la visite de Dubois : il vînt en effet de grand matin. J'avais passé la nuit sans sommeil, et dans une cruelle agitation; à la vue de ma pâleur et de mes traits altérés : « Vous êtes malade, monsieur, me dit-il; pourquoi ne pas l'avoir fait savoir?

— Par qui? comment? répondis-je avec humeur. Je suis fort surpris d'une pareille question de votre part, et bien assuré que vous n'êtes pas autorisé à me la faire. Jamais plus de prudence ne fut nécessaire. On a conçu des soupçons, et je suis devenu l'objet d'une surveillance inquiète. Il y a lieu de craindre que votre présence ici ne soit suspecte. »

Dubois parut très-effrayé. « Oui, continuai-je, il convient que vous n'y reparaissiez plus; et vos billets, tout insignifians qu'ils soient, ne seraient même pas sans danger. Le portier est gagné, il interceptera tous les écrits; n'en remettez chez lui d'aucune espèce; vous m'entendez. Du reste, on me mande que madame Leprêtre vient d'éprouver une rechute qui m'effraie, et je vais retourner à Saint-Méry.

— Est-ce donc là tout ce que je dois rapporter? me demanda-t-il, étonné de ma sécheresse; ne me chargez-vous de rien de plus?

— M. Dubois, répliquai-je, il est fort sot à vous de prétendre à devenir mon confident; je n'en ai, ni ne veux en avoir. Si vous avez eu l'insolente idée de tenter ma discrétion, c'est moi que vous offensez; si vous en manquez, vous êtes encore plus coupable envers une autre personne. Pour moi, je mourrai plutôt que de compromettre, par un seul mot, un secret que j'ai juré de garder : c'est un devoir d'honnête homme, et je le remplirai religieusement, quoi qu'il arrive. Allez, et répétez avec exactitude ce que je vous ai dit : rien de plus, rien de moins. »

Je crus avoir ainsi rompu pour jamais avec la duchesse, de manière à blesser son orgueil, à la vérité ; comment faire autrement ? mais, du moins, en lui donnant toute sécurité pour l'avenir. Je m'étais défendu de ses bienfaits, même des présens les plus légers. Les beaux habits étaient toujours restés à la petite maison, où je ne m'en parais que pour lui plaire. Je n'avais absolument rien d'elle, ni lettres, ni portrait ; il me semblait donc que tout devait être fini, à ses yeux ainsi qu'aux miens, comme un songe brillant qui vient de s'évanouir aux rayons du soleil.

Que j'étais loin de compte avec elle !

—

XIX

Le Raccommodement.

—

Cependant, sans le savoir, je n'avais dit que trop vrai, en parlant à Dubois de la rechute de madame Leprêtre, et de mon prochain départ pour Saint-Méry. A peine était-il sorti, qu'un exprès dépêché en toute hâte par madame d'Aubeterre, nous apprit que ma pauvre marraine avait été frappée, la veille au soir, d'une attaque d'apoplexie. Il avait ordre d'amener les deux plus célèbres médecins de Paris ; je partis avec eux.

Quelque diligence que nous eussions faite, nous n'arrivâmes que pour assister aux obsèques de madame Leprêtre. On était encore à l'église ; j'y entrai le cœur navré, pleurant amèrement. Une seule personne mêla ses larmes aux miennes : c'était Honorine. Au moment fatal, où la terre commença de couvrir celle que nous avions tant aimée l'un et l'autre, nos sanglots éclatèrent en même temps. Ses enfans avaient les yeux secs.

Lorsque tout fut fini, Honorine s'agenouilla sur la tombe, moi aussi; nos regards alors se rencontrèrent, et nous pleurâmes ensemble avec plus d'amertume encore. Madame d'Aubeterre se retira aussitôt; le baron et la baronne de Montarmé affectèrent de soutenir ses pas, qui, certes, n'avaient pas besoin de ce secours. Tout le monde les suivit.

Honorine, lui dis-je, toujours agenouillé devant elle, et les mains jointes, au nom de notre amie qui est dans le ciel, répétez-moi que vous me pardonnez. Il ne me reste plus que vous sur la terre.

— Votre nom est le dernier qu'elle a prononcé, me répondit-elle, en me regardant tendrement. Ah! si elle eût été la maîtresse !...

— J'ai là sur mon sein votre dernier écrit, repris-je; cette nuit, je porterai la réponse au bosquet vert.

Quelqu'un approchait; elle se leva, et rejoignit ses parens. Je la vis monter en carosse avec eux, et retourner à Montarmé. Moi, je restai là plusieurs heures encore à prier et à me désoler sur la tombe de la chère protectrice de mon enfance, de ma véritable mère. Quand je rentrai au château, on était sorti de table. M. d'Aubeterre me fit dire de monter à son cabinet. Je le trouvai fort irrité.

« Avez-vous prétendu, me demanda-t-il avec hauteur, nous donner une leçon par cette affectation de douleur tout en dehors, qui a fait spectacle à l'église? Et ce n'était pas assez; il vous a plu de demeurer en oraison, au cimetière, jusqu'à cette heure, afin de faire penser à mes paysans, que madame d'Aubeterre et moi nous manquions à un devoir, en nous abstenant de ces simagrées; afin, surtout, de leur rendre plus remarquable l'absence du comte, mon fils, et de vous faire valoir, à ses dépens, auprès d'eux et de nos gens.

— Non, monsieur, répondis-je, non; vous ne me supposez pas de pareils sentimens. Je ne doute pas que votre douleur ne soit aussi profonde que la mienne; mais considérez, je vous prie, que ce coup, auquel vous avez eu le temps de vous accoutumer peu à peu, m'a frappé brusquement à l'instant où je croyais ma marraine hors de tout danger. Soyez juste, monsieur, vous savez bien qu'elle seule m'aimait ici, et qu'en la perdant je perds tout.

— Non, monsieur, répliqua-t-il, vous ne perdez pas tout : votre marraine vous a laissé trente mille livres.

— Gardez-les, monsieur, interrompis-je avec indignation, et ne calomniez pas mon cœur, en supposant que les bienfaits de madame Leprêtre puissent y balancer le regret de l'avoir perdue.

J'avais élevé la voix. Léon entra; et,

me regardant d'un air méprisant : « Qui donc, demanda-t-il, a l'insolence de vous parler si haut, mon père? Ah! c'est vous, l'ami Nobé, qui vous oubliez à ce point! Ma grand'mère, Dieu veuille avoir son âme! avait enfin compris qu'il ne pouvait y avoir rien de commun entre nous et vous. Elle s'était avisée un peu tard de nous délivrer de votre présence; mais nous espérions du moins que c'était pour toujours.

— Comte Léon, répondis-je avec force, je sors de cette maison à l'instant même, et pour n'y plus jamais rentrer. Mais je ne vais pas assez loin pour que nous ne puissions nous rencontrer demain dans quelque lieu du voisinage. Mon ami, le marquis d'Auteuil, viendra convenir avec vous, dès le point du jour, de l'endroit le plus convenable à ce rendez-vous.

Je partis fièrement après cette réplique, et je pris à pied le chemin du château de ce seigneur, qui m'avait toujours témoigné le plus vif attachement, et ne pouvait souffrir les airs suffisans du jeune d'Aubeterre. Je ne doutais pas qu'il n'épousât chaudement ma querelle, et je brûlais d'en venir aux mains avec Léon, que j'avais tant de raisons de détester. Pour aller chez M. d'Auteuil, à trois lieues de Saint-Rémy, il fallait passer auprès de Montarmé, aux deux tiers du chemin à peu près. Je m'arrêtai à l'auberge d'un village des environs ; et, tandis qu'on m'y préparait à souper, j'écrivis une lettre pour Honorine. Après un léger repas, je me remis en route au soleil couchant.

Au temps de ma correspondance secrète avec elle, plusieurs endroits servaient de dépôt à nos lettres. Il y avait dans le parc de Montarmé un bosquet d'arbres toujours verts, qu'Honorine affectionnait beaucoup. Là, on avait abattu le mur, remplacé par une balustrade à hauteur d'appui, pour lui ménager un point de vue sur la campagne. L'approche de cette espèce de belvédère était défendue par un fossé profond. Mais j'avais trouvé le moyen d'y descendre, et de m'élever jusqu'à la balustrade, sous laquelle j'allais placer, la nuit, mes lettres, et prendre les réponses; il m'eût été fort aisé de la franchir, et de pénétrer dans le bosquet, où, de son côté, elle pouvait aussi venir secrètement à la faveur de la nuit. C'était là que je lui avais demandé ce rendez-vous, cause de ma disgrâce six mois auparavant. C'est là que j'allais maintenant porter la lettre que je venais d'écrire à l'auberge du village.

Au moment où j'arrivai auprès du fossé, la nuit était close, et fort belle, quoique sombre. Je me glissai au bas, le long d'une corde à nœuds, dont je m'étais muni; puis, à l'aide de quelques branchages disposés à dessein par moi l'été précédent, je me disposais à escalader le mur, quand je m'entendis appeler par mon nom. Je levai les yeux : Honorine ! m'écriai-je. — Parlez bas, me dit-elle, penchée en avant du balcon ; qu'est-ce donc ? Qu'est-il arrivé, bon Dieu ! Pourquoi ce duel ? M. d'Aubeterre est venu ici, il y a une heure, tout pâle, tout agité. Mon père et lui ont parlé de vous, de M. d'Auteuil, chez lequel ils sont allés ensemble. Qu'y a-t-il donc ?

Je grimpais lestement au mur. Restez, continua-t-elle, dites-moi seulement....

J'avais saisi la balustrade ; je m'assis dessus. Honorine s'éloigna. — Je ne franchirai pas cette barrière, lui dis-je ; ayez confiance en moi. Léon m'a insulté mortellement. Il faut que l'un de nous deux périsse.

Elle se rapprocha d'un pas rapide : O ciel ! murmura-t-elle très-effrayée, exposer votre vie, Alexis ! voulez-vous donc que je meure aussi ?

— Non, non ; je ne le veux pas, répondis-je, en saisissant sa main toute tremblante qu'elle retira aussitôt. Ne craignez rien pour mes jours ; je saurai les défendre puisque les vôtres y sont attachés.

— Mais Alexis, pourquoi ce combat mortel? je suis bien certainee qu'avant votre arrivée, il n'avait pas le moindre soupçon de notre amour.

Je la rassurai à cet égard, en lui contant le sujet de la querelle. Et pour cela, interrompit-elle, il faut que le sang coule! Ce matin, vous m'assuriez que j'étais tout pour vous; et vous, en risquant ainsi votre vie, n'avez-vous point pensé que vous êtes aussi l'unique appui qui me reste au monde? Promettez-moi donc de ne pas vous battre, Alexis.

— Honorine, demandez-moi tout mon sang; mais mon déshonneur, vous ne pouvez le vouloir. Non, après ce qui s'est passé, aucun arrangement n'est possible, à moins que l'orgueilleux ne s'humilie devant moi, et ne me demande pardon publiquement.

— Il s'humiliera, repartit Honorine. Oui, toute troublée que j'étais, j'ai vu, à l'effroi de son père, et je juge d'après quelques mots du mien, que le nom du marquis d'Auteuil mêlé dans cette affaire, leur impose beaucoup à tous; oui, je me le rappelle fort bien à présent, M. d'Aubeterre convenait que Léon était allé trop loin, qu'il n'aurait pas dû oublier que vous étiez l'intime ami d'un spadassin aussi redoutable que M. d'Auteuil. Ils sont convenus que Léon ne devait pas hésiter à reconnaître son tort; et là-dessus ils sont partis.

— J'espère bien, repris-je, que Léon ne sera pas si lâche.

— Et que vous importe qu'il vive Alexis? jamais je ne serai sa femme;

je l'ai juré, j'en répète le serment devant vous.

— Ce n'est pas assez, Honorine, répétez-moi donc aussi le serment d'être la mienne.

— Eh ! le moyen que je sois à vous ! répondit-elle d'une voix plaintive. Comment y penser seulement, Alexis? Non, non, jamais rien ne fera fléchir à cet égard l'indomptable opiniâtreté de mes parens. Ils m'aiment, sans doute ; mais ils préfèrent de beaucoup à moi ce qu'ils appellent leur dignité. Ils m'immolent avec joie aux convenances, à l'orgueil du rang, à la soif des richesses. Ils me verraient mourir, que dis-je ! mon père me tuerait de sa main, plutôt que de m'accorder à un simple gentilhomme. Etre à vous, Alexis! Oui, je m'étais flattée de l'espoir de pouvoir réaliser un jour ce doux rêve de mon enfance et de ma jeunesse. Hélas! votre marraine elle-même m'a cruellement désabusée. Elle ne m'a parlé ni du monde ni de ses préjugés, ni du péril auquel j'exposerais ma vie : elle savait combien je méprise ces obstacles, et qu'ils ne m'arrêteraient pas. Non; ce qu'elle m'a montré entre vous et moi, c'est mon père et ma mère expirans de leur douleur, et me maudissant à l'heure de la mort.

Honorine s'arrêta. Nous venions d'entendre une voix qui l'appelait à une grande distance : C'est ma mère, dit-elle ; on s'est aperçue de mon absence...

— Me quitter déjà ! m'écriai-je.

— Chut ! reprit-elle si bas que je l'entendais à peine. Mon sang se glaçe à l'idée de ce combat. Ma mère l'ignore ; demain on n'en parlera pas devant elle, je n'oserai questionner personne...

— Demain, interrompis-je, je reviendrai ici vous en donner moi-même des nouvelles.

— Ah ! que Dieu le permette Alexis !

La voix se fit entendre, déjà moins éloignée. Adieu, dit Honorine, à demain.

Elle s'enfuit d'un pas rapide. Je me précipitai en bas du balcon. Quelques momens après, elle répondit à un troisième appel de sa mère, d'un point du parc opposé à celui du bosquet vert. Le silence régna de nouveau. Je sortis alors du fossé, et repris le chemin du château de M. d'Auteuil.

—

XXII

La Malédiction.

—

Au moment où j'entrais dans sa cour, il descendait de cheval au retour d'une course dans les environs. Je reçus de lui un accueil encore plus empressé que de coutume. On venait de lui dire que messieurs d'Aubeterre et de Montarmé l'attendaient au salon ; je l'instruisis du motif de cette visite. Il s'échauffa au récit de ma querelle avec Léon, et applaudit à mon dessein de mesurer mon épée avec celle de ce fat insolent.

— Je serai votre second, mon cher d'Ambleville, me dit-il ; et plaise à Dieu que j'aie affaire à cet autre fat de d'Aubeterre! Je cherche depuis long-temps l'occasion de châtier exemplairement l'impertinence de cette noblesse de cour, dont le faste et les airs de prince commencent à me fatiguer outre-mesure. Ces honnêtes gens-là se croient, de très-bonne foi, meilleurs que nous autres de la noblesse de province, gentilshommes depuis le déluge, et qui nous trouvons assez bons pour briller de notre propre éclat, sans aller mendier à Versailles celui des cordons et des dignités. »

Outre les sentimens de jalousie que ces paroles amères vous révèlent assez, monsieur, le marquis d'Auteuil en nourrissait encore d'autres non moins hostiles contre les d'Aubeterre et les Montarmé. D'injustes prétentions au sujet de la chasse, l'ayant entraîné dans de longs procès avec eux, il les avait perdus avec dépens, et s'était vu condamné à des frais considérables. Or, le marquis aimait l'argent autant que l'aimait mon père, son voisin de terres; peut-être plus encore; et cette passion qui leur était commune, les avait liés ensemble d'une solide amitié.

Il était déjà question d'une alliance entre eux. Ma sœur touchait à sa quatorzième année. On l'élevait dans un couvent peu éloigné, dont l'abbesse était une parente de M. d'Auteuil ; il l'y avait vue, et savait quelle devait partager avec moi une très-riche succession. Cette espérance était beaucoup ; mais il fallait une dot présente: le marquis la voulait considérable. L'abbesse négociait l'affaire, de concert avec ma mère, dont la vanité flattée aspirait à ce mariage pour sa fille qu'elle idolâtrait.

J'ignorais cette circonstance ; je n'attribuai donc qu'à la chaleur d'une sincère amitié, le zèle que déploya pour moi, dans cette occasion, le marquis d'Auteuil. Il parla d'un ton ferme, et fit sonner très-haut mon titre d'ami intime d'un gentilhomme tel que lui. De mon côté, je me montrai tellement résolu à faire à Léon un outrage sanglant, en public, s'il refusait de se battre avec moi, que MM. d'Aubeterre et de Montarmé, tremblant d'exposer les jours d'un fils unique et d'un gendre futur, me promirent de le contraindre à me faire une réparation telle que je pouvais la désirer.

En conséquence, ils amenèrent le lendemain Léon au château de M. d'Auteuil. Là, en présence d'une réunion nombreuse des gentilshommes du voisinage, il déclara qu'il n'avait pas eu le dessein de me blesser, en m'adressant, la veille, quelques plaisanteries, de ce même ton de familiarité qu'autorisait depuis si long-temps notre amitié d'enfance; que si pourtant je persistais à voir une offense dans son langage, il était prêt à m'en rendre raison. Là-dessus les témoins déclarèrent que l'honneur était satisfait; et l'on nous invita, Léon et moi, à nous embrasser.

— Non, répondis-je avec fermeté. Il y a bien des années que j'ai déclaré à Léon que notre amitié n'existait plus. Son père et sa mère n'en ont jamais eu pour moi, et ne m'en ont jamais inspiré. Je n'ai contracté envers eux, grâce à Dieu! aucun devoir de reconnaissance. Tous les liens qui m'attachaient à Saint-Méry sont brisés par la mort de ma bien-aimée marraine, madame Leprêtre. Je déclare donc ici, devant cette honorable assemblée, que c'est moi qui renonce volontairement et pour jamais à tout commerce avec la famille d'Aubeterre.

Le ton arrogant de Léon en m'adressant sa prétendue justification, avait achevé de m'indigner contre lui. Il pâlit de rage; son père se mordit les lèvres jusqu'au sang; mais il leur fallut dévorer cet affront, car mon air résolu et celui du redoutable d'Auteuil disaient assez que nous étions prêts à le soutenir à la pointe de nos épées : c'est ce qu'ils voulaient éviter à tout prix.

Cette scène tourna donc à leur confusion : ils se retirèrent excessivement mortifiés. Et moi je restai triomphant au milieu de cette société de hobereaux dont je venais de caresser la passion dominante, en humiliant à leurs yeux l'orgueil de la noblesse de cour, de laquelle ils sont si jaloux.

Après le dîner, M. d'Auteuil congédia ses amis de bonne heure, en leur disant qu'il était impatient de me conduire chez mon père avec qui je l'avais prié de me réconcilier. Je trouvai mes parens plus entêtés que jamais de l'idée de me faire embrasser l'état ecclésiastique. Le marquis d'Auteuil me prêta d'abord franchement le secours qu'il m'avait promis pour combattre leur volonté.

— Monsieur, lui répondit mon père, j'ai encore vu M. de Senlis hier ; il m'a donné l'assurance qu'il tiendrait religieusement la parole donnée à feue madame Leprêtre, et qu'à son lit de mort elle lui a fait renouveler. Vous savez qu'il a maintenant la feuille des bénéfices ; il en a destiné un de six mille livres pour Alexis le jour où il sera tonsuré : celui-là est même déjà inscrit en son nom. M. l'évêque doit doubler la somme dans le cours de l'année, et tripler cette doublure en conférant à mon fils l'ordre de la prêtrise moyennant une dispense d'âge demandée à

Rome, à la très-vive sollicitation de madame Leprêtre. Trente-six mille livres de revenu à vingt-ans, avec de plus grandes espérances encore! sont-ce là, je vous le demande, des avantages à négliger?

M. d'Auteuil parut ébranlé. Mon père poursuivit avec plus de vivacité : J'ajoute encore une raison, M. le marquis, et ce sera la dernière. Comment voulez-vous, s'il vous plaît, que je constitue noblement la dot de ma fille, si j'ai à pourvoir encore, de mon vivant, à l'établissement d'un fils dissipateur et débauché comme le mien, auquel il faut des habits brodés d'or, et des bas de soie, quand vous et moi nous portons du gros drap tout uni et des guêtres de peau? »

Cette dernière raison acheva de persuader M. d'Auteuil, qui se déclara aussitôt contre moi. Ma mère enchérit encore sur lui, et s'écria qu'il ne restait plus qu'à me déshériter et me maudire, si, par mon incroyable obstination, je faisais manquer un mariage bon à ma sœur, en renonçant, pour mon compte, au sort brillant que m'offrait M. l'évêque de Senlis.

« Eh bien! leur dis-je, transporté d'indignation, maudissez, déshéritez, cœurs dénaturés! Dieu repoussera vos malédictions que je n'ai pas méritées. Adieu; quoi qu'il arrive, vous n'aurez jamais le droit de me reprocher l'abandon de vos vieux jours : c'est vous qui m'avez chassé de la maison paternelle dès ma tendre enfance, et qui m'en exilez encore aujourd'hui. Puisse le ciel vous pardonner tant d'injustice et de dureté, et ne pas faire peser trop cruellement sur vos derniers instans le remords d'une si mauvaise action ! »

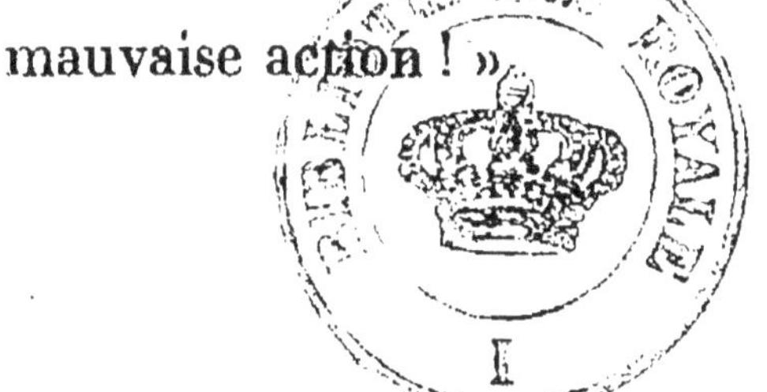

FIN DU DEUXIÈME VOLUME.

TABLE

DU DEUXIÈME VOLUME.

En vente.

LE MUTILE, par X. B. Saintine. 3ᵉ édit. 1 vol. in-8° orné d'une vignet te. Prix : 7 fr. 50 c.

LE BARON DE L'EMPIRE, par Merville. 2ᵉ édit. 5 vol. in-12. Prix : 15 fr.

LE PROCUREUR IMPÉRIAL, par Merville. 2ᵉ édit. 2 vol. in-8°. Prix : 15 fr.

ÉPITRE AUX DOCTRINAIRES, par Feuillide; brochure in-8°. Prix : 1 fr. 50 c.

Sous presse.

LE CORRIDOR DU PUITS DE L'ERMITE, contes de Sainte-Pélagie, 1 vol. in-8°.

LE BACHELIER DE PARIS, par Michel Raymond. 2 vol. in-8°.

LE DILETTANTE, scènes et caractères du monde musical, par Lhéritier (de l'Ain). 1 vol. in-8°.

L'ABBAYE DU VAL, chronique du onzième siècle; par M. Rey-Dussueil. 1 vol. in-8°.

DANTON, par Fontan. 2 vol. in-8°. ornés de vignettes.

Paris —Imp. de Félix Locquin, rue N.-D.-des-Victoires, n° 16.

www.ingramcontent.com/pod-product-compliance
Lightning Source LLC
LaVergne TN
LVHW010554110826
845149LV00003B/656

* 9 7 8 2 0 1 9 6 0 5 3 6 0 *